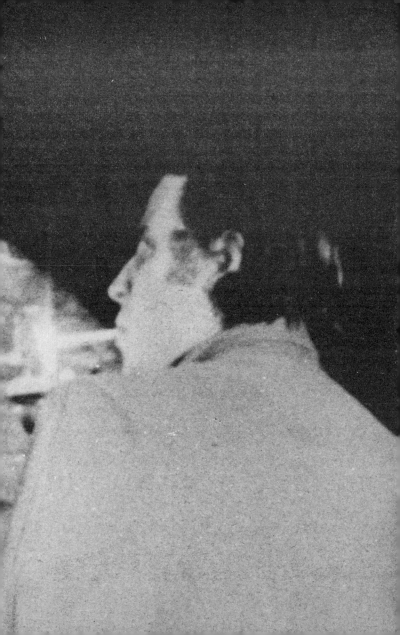

*Luc Plourde*

**Pierre Saurel**

# MONSIEUR JONAS

# QUÉBEC/AMÉRIQUE

450 est, rue Sherbrooke, Suite 801,
Montréal, Québec H2L 1J8
Tél.: (514) 288-2371

DÉPÔT LÉGAL:
3e TRIMESTRE 1981
BIBLIOTHÈQUE NATIONALE DU QUÉBEC
ISBN 2-89037-074-7

# Chapitre premier

## UN CLIENT DÉCOURAGÉ

Le gardien tourna la clef dans la serrure. Il y eut un grincement, que le lourd silence qui régnait entre les murs de la prison sembla rendre plus lugubre.

Le prisonnier, debout dans un coin de sa cellule, était en train de faire quelques mouvements de culture physique. L'homme pouvait avoir environ cinquante ans. Il n'avait pratiquement plus de cheveux. Maigrelet, petit, ce prisonnier portait une moustache à la Hitler et ne paraissait pas en très bonne santé.

— Onil Jonas! lança le gardien.

Comme s'il n'avait pas entendu, le petit homme continuait ses exercices avec un rythme régulier. Il n'avait même pas tourné la tête.

— Hé! Jonas, t'es sourd?

Le prisonnier fit un signe de la main, pour indiquer qu'il ne voulait pas être dérangé.

— Trente-deux, trente-trois, trente-quatre...

— Écoute, Jonas, arrête ta culture physique, ton avocat est ici pour te voir. Allons, suis-moi.

— Quarante et un... quarante-deux...

— C'est assez, je te dis, cria le gardien en s'avançant vers lui.

Jonas fit un pas de côté, évitant la main du gardien qui cherchait à le saisir. Et tout en se déplaçant, il poursuivait ses mouvements.

— Quarante-huit... quarante-neuf... cinquante!

Enfin, l'homme s'arrêta:

— J'ai demandé qu'on ne me dérange pas entre onze heures et onze heures trente. C'est l'heure de ma culture physique. Mon avocat n'a qu'à attendre.

— Pour qui que tu te prends, petit avorton? T'es pas pour nous dicter tes règlements. Monsieur veut qu'on le réveille à six heures trente. Monsieur voudrait qu'on lui apporte son petit déjeuner à sept heures dix exactement. C'est pas dans une prison que tu devrais être, mais dans une maison de santé.

Onil Jonas se plaça bien droit devant le gardien et le regarda de la hauteur de ses cinq pieds et trois pouces.

— Mon ami, je vous prierais d'être poli, sinon je porterai plainte auprès de votre directeur. Je ne me laisserai pas traiter d'avorton par le premier venu. Je ne le permets pas, vous entendez? Tenez-vous-le pour dit.

Le garde poussa un soupir. Il était inutile de chercher à discuter avec ce curieux bonhomme, il le savait bien.

— T'es chanceux de pas être condamné, toi; autrement je te ferais goûter à ma médecine.

Mais les prisonniers qui attendaient leur procès, même si on leur avait refusé tout cautionnement, avaient effectivement droit à un traitement spécial.

— Sachez, jeune homme, que jusqu'à preuve du contraire je suis innocent, et je veux être traité comme un humain et non comme un animal. D'ailleurs, quand je serai libre, je dénoncerai à la société le climat de terreur que vous faites régner dans cette enceinte.

— Hey! Moi, j'ai plus de temps à perdre. Si tu me suis pas tout de suite, je vais dire à ton avocat que tu refuses de le voir.

— Je vous accompagne. Quelle heure avez-vous?

— Qu'est-ce que ça peut te faire? Ici, les heures, frère, ça compte pas. Le temps, on le calcule en années, en mois et, parfois, en jours... mais pas souvent.

Onil Jonas sortit de sa cellule et le gardien referma la double porte. Pendant que les deux hommes marchaient dans le long corridor bordé de cellules, des prisonniers s'esclaffaient.

— Tiens, c'est le maniaque !

— Ça doit être son heure de sortie, ricana un autre.

— Non, moi j'suis certain que c'est son heure pour aller chier !

Des rires gras éclatèrent un peu partout, semblant se répéter à l'infini. Même l'écho se moquait d'Onil Jonas.

Les deux hommes montèrent un étage, puis le gardien ouvrit la porte d'un bureau.

— Votre avocat vous attend !

Onil Jonas entra dans le petit réduit. Immédiatement, ses yeux se posèrent sur la pendule électrique, seul objet qui rompait l'uniformité des murs.

— Onze heures vingt-deux, maître, fit Jonas. Vous êtes huit minutes en avance.

Le jeune avocat fit signe à son client de s'asseoir en face de lui.

— J'espère qu'au moins vous m'apportez de bonnes nouvelles ?

Bertrand Girard mit quelques secondes avant de répondre. Il paraissait mal à l'aise, face à ce client qui affichait un calme aussi déconcertant.

— Monsieur Jonas, lorsque j'ai été nommé pour prendre votre défense, tout de suite j'ai cru en votre innocence.

— Mais je suis innocent ! s'écria Onil, manifestant par le fait même son premier signe de nervosité.

— Je sais, je sais. Ce procès prend pour moi une importance capitale. C'est ma première cause de meurtre. Les journaux ont beaucoup parlé de cette affaire. Si je réussis à prouver que vous n'avez pas tué, mon nom sera fait.

Jonas répliqua aussitôt :

— Si ce procès est important pour vous, maître, sachez qu'il l'est encore plus pour moi. Si vous échouez, je finirai mes jours entre ces murs tristes et froids.

L'avocat l'approuva d'emblée.

— Tout à fait d'accord avec vous, Jonas. Aussi, c'est pour cette raison que je vous ai demandé votre entière collaboration. Il ne faut rien me cacher, absolument rien.

— Je vous ai tout raconté, tout dit. Et puis, je ne suis pas inquiet. La police ne possède aucune preuve. On ne condamne pas un homme sans preuves.

— C'est là que vous faites erreur. Quand il y a un excellent mobile, quand les preuves circonstancielles sont nombreuses, quand l'accusé n'a aucun alibi et quand il a agi d'une façon plutôt bizarre, le jury peut le trouver coupable.

Après un moment de silence, maître Girard poursuivit:

— Vous ne m'aviez pas parlé de cette assurance sur la vie de votre épouse, assurance avec une clause de double indemnité en cas de mort violente, assurance dont vous avez continué à payer les primes, même si vous étiez séparé de votre femme depuis quelques années.

Jonas sembla sortir de son rêve.

— L'assurance, mais oui, je l'avais complètement oubliée. Voyez-vous, maître, Valérie et moi ne partagions plus le même toit, mais nous n'étions pas séparés légalement. J'ai donc tenu à conserver cette assurance. C'était, pour moi, une mesure de protection essentielle.

Girard faillit perdre patience.

— Vous ne comprenez donc pas que le fait d'avoir continué à payer ces primes jouera maintenant contre vous?

— Je n'y peux rien.

L'avocat leva les deux bras, en un geste désespéré.

— Mais bon Dieu, réagissez, Jonas, on dirait que vous êtes complètement indifférent à tout ce qui vous arrive.

— Ne croyez pas ça, maître, fit le petit homme, conservant toujours son calme imperturbable. Si je ne semble pas avoir de réactions, c'est dû au découragement.

Bertrand Girard se retint pour ne pas éclater de rire à la face de son client.

— Vous, un homme découragé?

— Je m'efforce de ne pas trahir mes émotions. Mais je sens bien que le sort s'acharne contre moi. Tous les jours, vous êtes porteur d'un nouveau fait qui m'accable davantage. Je suis résigné à mon sort. Même le meilleur avocat du monde ne pourra me tirer de ce pétrin. Il m'arrive même d'avoir pitié de vous, maître. Vous, si jeune, vous ne méritiez pas un client comme moi, surtout pour votre première cause de meurtre.

Girard, nerveusement, se leva et se mit à arpenter la petite pièce; puis il vint s'arrêter devant son client « découragé ».

— Vous avez raison, Jonas. Un avocat, si habile soit-il, ne pourra jamais vous tirer de là. Je ne vois donc qu'une solution...

— Laquelle? demanda Onil Jonas d'un ton où perçait une certaine inquiétude. Puis jetant un coup d'œil sur la pendule, il ajouta:

— Faites vite, midi approche et c'est l'heure de mon repas. Je n'ai que très peu de temps à vous accorder.

— C'est le comble! C'est vous qui êtes en prison et c'est vous qui dites avoir très peu de temps à m'accorder. Le monde à l'envers!

— Je déteste prendre mes repas en retard. Alors, vous me la dites, cette solution?

— Vous vous dites innocent et je vous crois. Donc, si vous n'êtes pas le coupable, c'est qu'il y en a un autre.

— Vérité de La Palice. D'ailleurs, je l'ai toujours dit.

— Puisqu'il semble impossible de prouver votre innocence, il ne nous reste plus qu'à découvrir le véritable assassin. La police, présentement, a interrompu son enquête. Du moins, elle ne cherche qu'à accumuler les preuves qui vous feront condamner. Il ne faut donc pas compter sur son aide.

L'avocat retourna à sa chaise.

— Avez-vous déjà entendu parler du Manchot ? fit-il en s'asseyant.

— Un manchot, c'est un homme qui n'a qu'un bras.

— Je sais, mais je ne vous parle pas d'un manchot, je vous parle *du* Manchot, le détective privé, Robert Dumont.

Onil Jonas se plissa le front. Il paraissait réfléchir intensément.

— Je crois avoir déjà lu quelques potins à son sujet.

— Depuis quelques mois, tous les journaux ont parlé de lui et des succès qu'il remporte comme enquêteur.

Jonas eut un haussement d'épaules.

— Oh, vous savez... Moi, les faits divers ne m'intéressent pas particulièrement. Je n'ai pas de temps à perdre. Toutes mes minutes sont comptées. Que vient faire le Manchot dans cette affaire ?

— S'il y a un homme capable de découvrir le véritable assassin, c'est bien lui. Je pourrais retenir ses services, lui demander d'enquêter.

Onil Jonas jeta un nouveau coup d'œil sur la pendule électrique.

— Maître, si vous croyez que ce Manchot puisse vous être utile, vous savez ce qui vous reste à faire. Je vous ai donné carte blanche, il me semble.

— Oui, mais Robert Dumont, le Manchot, ne travaille pas pour des « peanuts ». Si je l'engage, ça entraînera beaucoup de frais.

— Lors de notre toute première entrevue, maître, coupa Jonas, nous avons convenu d'un prix fixe pour vos services. Que je sois condamné ou non, vous serez payé rubis sur l'ongle. D'ailleurs, je vous ai fait un chèque que vous pourrez encaisser à la fin du procès.

— Je sais, mais ce montant devient maintenant insuffisant.

— Ça ne me regarde absolument pas.

— C'est le comble !

— Vous auriez dû y penser plus tôt. Si vous croyez que ce Manchot peut vous aider à gagner votre cause, c'est vous qui le savez et c'est vous seul qui devez prendre la décision. Ne m'avez-vous pas dit qu'un procès du genre n'avait pas de prix pour la réputation d'un avocat?

— Si, mais...

Le petit homme frappa dans la porte.

— Garde! Garde!

La porte s'ouvrit et le gardien parut.

— L'entrevue est terminée, fit Jonas. Ramenez-moi à ma cellule et, surtout, ne vous traînez pas les pieds. Il est midi moins deux et si, pour une fois, on est à l'heure, on m'apportera mon repas à midi tapant. Bonjour, maître, et bonne chance!

Et Onil Jonas sortit, suivi du gardien.

Bertrand Girard resta un long moment immobile, les yeux rivés sur la porte qui venait de se refermer. «Mais, qu'est-ce que j'ai fait à la Providence pour avoir un tel client?»

Pour la Xième fois, il eut l'idée de tout abandonner, de laisser tomber son client. Mais d'un autre côté, l'affaire Onil Jonas avait fait la manchette de tous les journaux. On attendait avec impatience le procès de ce petit homme excentrique.

«Le Manchot, songea l'avocat... Je connais bien son adjoint, Michel Beaulac. Nous étions au collège ensemble. Il se souviendra sûrement de moi. Si je parlais tout d'abord à Beaulac? Peut-être pourrait-il intéresser Dumont à l'affaire, sans qu'il m'en coûte les yeux de la tête.»

L'avocat remit son dossier dans sa serviette en cuir. Sa décision était prise. Il allait rencontrer le jeune Michel Beaulac. « Onil Jonas est innocent, j'en suis persuadé. Aucun homme au monde ne commettrait un tel meurtre tout en accumulant les erreurs qui prouveraient sa culpabilité. Même les policiers commencent à croire qu'il y a trop de preuves... à moins qu'Onil Jonas ne soit complètement fou. »

Mais Bertrand Girard était persuadé du contraire. Onil Jonas était un homme d'une intelligence supérieure.

\*

\* \*

Michel Beaulac, après un court séjour dans les forces policières de la Communauté urbaine de Montréal, s'était joint à Robert Dumont, le Manchot, lorsque celui-ci avait décidé d'ouvrir son agence de détectives privés.

Avec Candine Varin, une sexubérante blonde qu'on appelait communément Candy, et Rita Michaud, la secrétaire, le grand Michel était devenu un membre régulier de l'équipe du Manchot.

Un léger incendie, survenu dans la bâtisse où se trouvaient les bureaux de l'agence, avait obligé Michel à prendre quelques jours de vacances. Il s'était rendu dans la région de

Québec, puis avait poussé une pointe du côté de la Gaspésie, où il avait rencontré la femme de sa vie. Il en était profondément amoureux.

— Je la ramènerai avec moi à Montréal, avait-il dit lorsqu'il avait téléphoné au Manchot. Mais ne m'en demandez pas plus ! Un soir, je vous inviterai chez moi. Mais auparavant, nous devons transformer l'intérieur de mon appartement.

Lorsque enfin le Manchot et son équipe purent réintégrer leur bureau de la rue Saint-Denis, Michel continua à s'entourer de mystère. Candy se moquait de lui :

— Si réellement tu avais une amie, une amoureuse, tu t'empresserais de nous la présenter... à moins que tu aies honte d'elle !

Michel esquissa un sourire moqueur.

— Tu es jalouse, pas vrai ? fit-il.
— Moi, jalouse ? Va donc chez le diable ! Pour qui que tu te prends ? Don Juan ou Casanova ? Non, je ne vois rien qu'une chose : si cette fille-là existe réellement, c'est sans doute une arriérée mentale que tu veux faire soigner avant de la montrer en public.

Michel laissa échapper un juron, puis :
— Rira bien qui rira le dernier. Oh, tiens, je sais pas ce qui me retient de pas t'inviter lorsque je vous recevrai à mon appartement.

Une semaine s'était écoulée depuis la ré-ouverture de l'agence, quand Michel lança ses invitations.

— Boss, si vous êtes libre ce soir, nous vous invitons à manger à la maison, vous et Candy.

— J'avoue que tu m'intrigues, déclara Dumont.

— Nous vous attendrons aux environs de huit heures. Candy m'a promis d'y être. J'ai également invité Rita, mais elle est occupée. Elle viendra avec son ami, la semaine prochaine.

Le Manchot était libre. Aussi, à sept heures et demie, il se présentait à l'appartement de Candy. Lorsque cette dernière vint ouvrir, le détective ne put s'empêcher d'émettre un sifflement d'admiration.

Candy avait une robe longue, décolletée à souhait et qui mettait tous ses charmes en valeur.

— Il n'y pas à dire, tu t'es mise sur ton trente-six !

— Avec Michel, on sait jamais ce qu'il peut nous réserver. Aussi, je prends pas de chances.

Le grand Beaulac habitait dans un quatre pièces, dans le nord de la Métropole. Il était huit heures moins dix lorsque la voiture du Manchot s'arrêta devant la maison. Candy s'apprêtait à ouvrir la portière, mais Dumont l'en empêcha.

— Attends, il n'est pas huit heures. Il est clair que Michel nous prépare une surprise. Il ne faudrait pas la lui gâcher en se présentant trop tôt.

Puis, il mit sa collaboratrice en garde.

— Candy, tu aimes beaucoup blaguer avec Michel, parfois tu te moques de lui.

— Faut dire qu'il se gêne pas avec moi. Comme « craqueux », il s'en fait pas deux comme lui.

— D'accord. Mais, ce soir, il semble des plus enthousiastes, des plus amoureux. Il ne faudrait pas gâcher son plaisir. Quelle que soit l'opinion que tu auras de son amie, tourne ta langue sept fois...

Candy l'interrompit brusquement :

— Dis donc, Robert Dumont, me prends-tu pour une imbécile ? Je sais aussi bien vivre que n'importe qui.

— Ne te fâche pas, je voulais te mettre en garde.

Le Manchot jeta un coup d'œil sur sa montre. Il ne voulait pas le laisser paraître, mais il était impatient comme un enfant devant une boîte renfermant un cadeau.

— Allons-y.

Ils montèrent au second étage.

— Tiens, fit le Manchot, il a changé sa clochette. Il a acheté un gong.

Il souleva le petit levier et le laissa retomber. Immédiatement, on entendit des notes qui semblaient sonner faux. La porte s'ouvrit. Le Manchot poussa une exclamation de surprise et Candy murmura :

— Retenez-moi, Robert, je crois que je vais m'évanouir.

## Chapitre II

# LA SURPRISE
# DE MICHEL

Michel portait un long kimono qui le couvrait de la tête aux pieds. Il s'inclina profondément en saluant ses amis.

— Soyez les bienvenus dans mon humble demeure, murmura-t-il.

Candy faisait des efforts inouïs pour ne pas éclater de rire.

— Si vous voulez bien enlever vos souliers, s'il vous plaît?

— Quoi? s'écria Candy malgré elle.

— C'est la coutume, s'empressa d'ajouter le jeune détective. Il faut vous y plier.

— On aura tout vu, fit le Manchot en se penchant et en délaçant ses souliers.

Michel, lorsque ses invités se furent déchaussés, les laissa passer. Candy et le Manchot étaient déjà venus à l'appartement de Michel, mais ils ne le reconnaissaient plus. Il y avait de quoi. Un épais tapis couvrait le plancher. Partout, il y avait des plantes exotiques et des fleurs ; mais le plus curieux, c'est que nos amis n'apercevaient aucun meuble. Le couple passa au salon, ou, du moins, ce qui était autrefois le salon de Michel. Un peu partout, il y avait des coussins sur le sol, mais pas autre chose. En plus des plantes, une tapisserie représentant des jardins ornait les murs de la pièce.

— Maintenant, je vais vous présenter ma compagne.

Michel frappa dans ses mains, à deux reprises. Quelques secondes plus tard, une jeune fille apparut. Elle aussi était vêtue d'un kimono. C'était une Japonaise toute menue. Lorsqu'elle fut près du Manchot et de Candy, elle s'agenouilla et inclina la tête jusqu'au sol. Michel poussa Candy du coude.

— Fais comme elle, murmura-t-il.

— Hein ? Tu veux que je me mette à genoux ?

— Il le faut.

Candy s'agenouilla, tout en prenant bien

soin de relever sa robe longue. Elle inclina la tête en regardant la jeune fille qui souriait, découvrant une rangée de dents d'une blancheur qui aurait fait l'envie de n'importe quel fabricant de dentifrice.

Les deux jeunes filles se saluèrent à plusieurs reprises.

— Dis donc, Michel, fit Candy, ça va continuer longtemps?

— Elle attend tout simplement que tu te relèves. C'est toi, l'invitée.

Lorsque les deux femmes furent sur pied, Michel fit les présentations.

— Candy, ma compagne de travail; mon patron, Robert Dumont... Mon amie, Yamata.

La surprise semblait avoir cloué le bec au Manchot. Il tendit tout simplement la main à la Japonaise, mais cette dernière s'inclina en saluant.

— Enchantée de faire votre connaissance, mademoiselle, monsieur.

Elle avait un petit accent chantant, mais parlait fort bien le français.

À la surprise de tous, le Manchot s'inclina de nouveau devant la jeune fille et lui lança une phrase en japonais. En souriant, la fille lui répondit.

— Carabine! murmura Michel.

Candy bégaya:

— Vous parlez le japonais, Robert?

Le Manchot esquissa un sourire.

— Très peu. Au collège, il y avait un Japonais dans ma classe et nous logions dans la même maison de chambres. Nous étions devenus de bons amis. Pendant près de deux ans, on était toujours ensemble. Je me débrouillais pas mal. Malheureusement, ce n'est pas à Montréal qu'on a l'occasion de pratiquer son japonais.

— Mais vous parlez très très bien, murmura l'amie de Michel.

Candy l'examina des pieds à la tête. « Elle est jolie, pensa-t-elle. Mais ça me surprend: Michel semblait avoir une préférence pour les filles à la poitrine dodue. Celle-là semble même pas avoir de seins. »

— Assoyez-vous, fit Michel.

Candy et le Manchot regardèrent autour d'eux. Devant leur embarras, Michel s'assit sur le plancher, les deux jambes repliées et ramenées sous lui. Yamata était restée debout.

Candy prit un coussin et s'efforça de s'installer de son mieux. Évidemment, elle regrettait d'avoir mis une robe longue. Le Manchot l'imita, puis Michel fit un petit signe à sa compagne.

— Elle va vous servir l'apéritif.

La Japonaise s'éloigna en trottinant. Michel demanda à voix basse:

— Comment la trouvez-vous?

28

Candy décida d'observer la consigne du silence et au bout d'un moment, ce fut le Manchot qui répondit :

— Elle est jolie... Mais avoue que c'est surprenant. Tu ne t'habitueras jamais à vivre dans ce décor.

— C'est ce que vous pensez ? Carabine ! Si je vous disais que j'ai même vendu mon lit. Je couche sur l'épais tapis de la chambre, et même que j'essaie de dormir sans oreiller.

— C'est gai, fit Candy en desserrant enfin les lèvres.

— C'est rien, ça. Yamata, comme oreiller, se sert d'un morceau de bois.

— Hein ?

— Elle se met ça sous le cou. Les Japonaises ont des coiffures compliquées. Alors, de cette façon, ses cheveux ne touchent pas le sol, ne sont pas écrasés.

Yamata revint avec un plateau dans lequel se trouvaient les petits verres, à peine plus gros qu'un dé à coudre.

— C'est du saké, spécifia Michel.

— Aucun danger de s'étouffer avec ça, murmura Candy.

— C'est fort, ça se sert chaud et, tout à l'heure, on vous en servira d'autre en mangeant. Je te conseille de pas trop en prendre, Candy ; c'est pas à conseiller quand on a pas la tête solide.

Faisant contraste avec les tout petits godets, il y avait un grand verre contenant une boisson brune.

— C'est pour moi, c'est du coke. Yamata sait que je suis incapable de toucher à l'alcool.

Ils burent, causèrent pendant quelques minutes, puis Yamata les invita à passer à la cuisine qui servait, en même temps, de salle à dîner.

Seuls, le poêle électrique, le réfrigérateur et le lave-vaisselle brisaient l'harmonie du décor. Michel avait fait poser un épais tapis et là non plus, il n'y avait pas d'autres meubles, ni table, ni chaises, et tous prirent place sur le tapis.

— Yamata a préparé un sukiyaki. Vous savez ce que c'est ?

— Imagine-toi donc que Robert et moi, on est pas nés d'hier, répliqua Candy. On a déjà mangé dans des restaurants exotiques. Ordinairement, ce sont des morceaux de poulet ou encore de bœuf.

— Et il y aura aussi du riz. Dans son pays, Yamata ne mange jamais de pain.

La Japonaise apporta deux bols à chacun des convives, l'un contenant le riz et l'autre le sukiyaki, puis elle remit des baguettes à Candy, Michel et Robert Dumont.

— Michel Beaulac, fit Candy d'un air sévère, es-tu tombé sur la tête ?

Le Manchot lança un regard sévère à la grassouillette blonde.

— Des baguettes! continua-t-elle. Tu oublies que Robert est handicapé, toi? Il a une main artificielle, une prothèse perfectionnée qui lui permet d'avancer la main, de serrer les doigts, mais de là à manger avec les baguettes, il y a quand même des limites.

Michel était devenu tout rouge. Déjà, Yamata avait sorti d'un tiroir, couteau, fourchette et cuillères.

— Excusez-moi, boss, j'ai pas voulu vous offenser.

— Bah, voyons, ça n'a aucun rapport. On ne tient pas ses baguettes à deux mains!... Et je mange de la main droite...

— Ma'mzelle Mata, pendant que vous y êtes, sortez-les quand même pour moi. Je suis pas très habile avec des baguettes, fit Candy.

— Tout d'abord, son nom est Yamata, ricana Michel, et que tu sois pas habile me surprend pas. C'est comme dans tout le reste.

La conversation risquait de s'envenimer. Heureusement, le téléphone sonna et de ses petits pas rapides, l'amie de Michel sortit de la pièce.

— Tu l'as rencontrée à Québec? demanda le Manchot.

— Oui, dans un restaurant. Elle était seule, je lui ai souri; elle m'a répondu et, quelques instants plus tard, je la rejoignais à sa table. Oubliez pas que c'est une ancienne geisha, une fille qui a été élevée pour servir l'homme.

Candy soupira :

— Je la plains. On se croirait au moyen âge. D'un autre côté, je suis pas inquiète. Elle s'habituera vite à notre façon de vivre.

Yamata apparut.

— C'est pour toi, Michel.

Le jeune homme se leva, puis s'arrêta devant la Japonaise.

— J'ai pas bien compris ce que tu m'as dit.

— L'appel, le téléphone... c'est pour toi...

— Ensuite ?

Elle s'inclina profondément.

— C'est pour toi, maître, ajouta-t-elle d'un ton soumis.

Michel, arborant un large sourire, fit un clin d'œil au Manchot et sortit de la pièce en cherchant à marcher comme la femme qu'il disait aimer. Dès qu'il fut sorti de la pièce, Yamata ne put s'empêcher de rire.

— Pauvre Michel, dit-elle, il vit dans les nuages. Bientôt, il connaîtra mieux que moi les coutumes du Japon féodal.

Complètement médusés, Candy et le Manchot se regardèrent. La jeune fille n'avait plus son accent chantant. Elle parlait comme une véritable Québécoise.

— Je suis certaine qu'il se lassera rapidement

de cette vie exotique ; du moins, je le souhaite pour lui... et pour moi. Manger assise sur le sol, me promener toute la journée en kimono, je ne suis pas habituée à ça.

— N'êtes-vous pas une ancienne geisha ? demanda Candy.

— Allons, qui a pu vous conter ça ? Je suis née au Japon, c'est vrai ; mais moi, j'ai quitté mon pays alors que je n'avais que huit ans. J'en ai vingt-trois. Ça fait donc quinze ans que je vis au Québec. Mais, Michel est un grand enfant.

Le Manchot l'approuva.

— Vous avez entièrement raison. Que faites-vous dans la vie ?

— J'ai terminé mes études à Québec, puis j'ai été professeur, surtout en Gaspésie. J'étais justement de passage à Québec pour me trouver un nouvel emploi, lorsque j'ai rencontré Michel. Je dois dire qu'il me plaît beaucoup.

— C'est un bon garçon, avoua Dumont.

— Oui, mais seulement quand il le veut bien, ajouta Candy. Eh bien, Yamata, vous me plaisez de plus en plus. J'espère que nous deviendrons de bonnes amies.

— Je ne demande pas mieux. Michel m'a dit que vous aviez étudié les arts martiaux ?

— Oui, l'aï-ki-do, le karaté, le judo...

— Moi aussi.

Candy toisa la fille qui était beaucoup plus petite, beaucoup plus délicate qu'elle.

— Nous pourrons nous entraîner ensemble. Oh, je comprends votre hésitation, mademoiselle Candy, vous êtes plus grande et sans doute plus forte que moi. Mais je suis persuadée que je saurai vous suprendre. J'ai même été choisie pour représenter le Canada dans des compétitions internationales de karaté... Je possède mon troisième dan.

Juste à ce moment, Michel apparut.

— Je vois que vous êtes tous devenus de bons amis.

Il frappa dans ses mains.

— Yamata, le dessert et le thé, s'il te plaît.

Adressant un sourire complice à Candy, Yamata s'inclina.

— Tout de suite, maître, fit-elle en s'efforçant de garder son sérieux.

Michel, en repliant ses jambes pour s'asseoir, murmura :

— Pas moyen de passer une soirée tranquille. Connaissez-vous Bertrand Girard?

— Non.

— C'est un jeune criminaliste. Nous avons fait une partie de nos études ensemble. Il a besoin de notre aide. Il m'a parlé de vous. Il m'a demandé si, parfois, vous acceptiez de travailler à des conditions exceptionnelles.

— Comment ça?

— J'en sais pas plus long. Quand je lui ai dit

que vous étiez ici, il a insisté pour nous rencontrer, tous les deux.

Candy s'écria :

— Tu es ridicule. T'es pas pour recevoir un avocat dans ce décor, le forcer à s'asseoir, les fesses par terre... Ça fera pas sérieux.

Pendant que Yamata servait le thé et les biscuits, Michel avoua :

— Quand j'ai dit que j'avais vendu tous mes meubles, c'est pas tout à fait exact. Même les Japonais doivent travailler. Alors, j'ai conservé les meubles de mon bureau. On s'installera là.

Yamata s'était glissée derrière Michel. Elle lui passa les deux bras autour du cou.

— Avoue donc que tu as encore ton lit, un bureau, la table de cuisine et des chaises dans le hangar, grand idiot !

Candy éclata de rire.

— Pauvre Michel ! Tu croyais pouvoir nous faire marcher pendant combien de temps ? Nous avons causé avec Yamata tout à l'heure.

— Qu'est-ce que tu leur as dit, toi ?

— Rien de bien grave, Michel, fit le Manchot en souriant. Mais nous savons que mademoiselle Yamata est presque aussi québécoise que japonaise et que c'est toi qui insistes pour vivre dans ce décor.

— Elle adore ça, ça lui rappelle ses origines. Dis-le, Yamata.

— Je n'ai pas à le cacher, j'aime ça. M'asseoir

sur le sol, ça me plaît ; mais me coiffer à la japonaise, dormir le cou appuyé sur une planche de bois, ça me plaît moins. Je préfère un bon matelas.

Michel prit le parti d'en rire. Son amie plaisait à ses compagnons de travail, c'était le principal et, malgré les aveux de Yamata, le charme exotique était loin d'être rompu. Bientôt, on sonna à la porte.

— Déjà l'avocat, fit Michel en bondissant sur ses pieds. Va ouvrir Yamata, moi, je vais enlever ce kimono et passer un chandail. Fais attendre l'avocat dans mon bureau.

Yamata s'inclina.

— Tout de suite... maître.

Et, en riant, elle se dirigea vers la porte d'entrée.

— Elle est charmante, fit Candy ; je causerai avec elle pendant que vous autres, les hommes, vous discuterez affaire. Pour une fois, je suis d'accord avec Michel. Je dois avouer qu'il a du goût.

Michel apparut, en pantalon et chandail au col roulé.

— Vous venez, boss ? Je vais vous présenter notre futur client.

Et les deux hommes entrèrent dans le bureau de Michel. Aussitôt, Yamata les laissa pour aller rejoindre Candy.

## Chapitre III

## UN CADEAU MACABRE

Tout en serrant la main de son camarade d'études, le jeune avocat Bertrand Girard tint à le féliciter.

— Tu as toujours été original, Michel. Tu as une fort jolie servante et elle a su décorer exotiquement ton logis.

— D'abord, c'est pas ma servante ; c'est mon amie, une Japonaise authentique.

Le Manchot se mit à rire.

— Y en a-t-il de fausses ? demanda-t-il d'un ton railleur.

— Excusez-moi, je vous ai pas présenté. Le

détective Robert Dumont, mon patron. C'est Bertrand Girard, l'avocat dont je vous parlais.

Girard serra la main droite du Manchot, mais ses yeux étaient fixés sur sa prothèse. Le Manchot était habitué à cet examen scrutateur des gens qu'il rencontrait pour la première fois.

— Formidable, cette main, à ce que l'on m'a dit. J'en ai souvent entendu parler.

— Ça ne remplace pas complètement une main naturelle, mais elle est fort utile. Trop de gens, malheureusement, ignorent qu'il existe de telles prothèses. C'est beaucoup mieux que pas de main du tout... Et puis, l'institut de réhabilitation de Montréal travaille continuellement à son progrès.

Michel fit asseoir les deux hommes et Girard expliqua aussitôt :

— J'aurais aimé parler à Michel tout d'abord, mais puisque vous êtes là, monsieur Dumont, aussi bien en venir au fait tout de suite.

Le grand Beaulac distribua les cigarettes, les alluma, puis l'avocat poursuivit :

— Vous avez dû lire dans les journaux l'histoire d'Onil Jonas. Il devra subir son procès pour meurtre, dans un avenir rapproché.

Dumont réfléchissait.

— Si j'ai bonne mémoire, Jonas est ce type qui a raconté aux policiers une histoire plutôt abracadabrante ? On a découvert le cadavre de son épouse, la tête séparée du tronc ?

Michel s'écria :

— Moi aussi, je me souviens de ça. La tête avait été placée dans une boîte, du genre boîte à chapeau...

— Et le reste du corps se trouvait deux pieds sous terre. Vous vous souvenez parfaitement.

— Et c'est vous qui avez été chargé de la défense d'Onil Jonas ?

— Oui. Je me demande, d'ailleurs, pour quelles raisons il a décidé de me prendre comme avocat. Il y a des criminalistes chevronnés qui auraient sûrement aimé s'occuper de son cas. Plus l'heure du procès approche, plus les preuves de circonstances s'accumulent. Jonas ne semble rien faire pour se défendre et pourtant, il se dit innocent. Il a commis tellement de bévues, les histoires qu'il raconte sont tellement invraisemblables, que personne ne veut le croire.

— Écoute, Bertrand, intervint Michel, on peut pas trouver ton client coupable si les preuves existent pas. Autant que je me souvienne, personne a vu Jonas tuer sa femme, on a pas retrouvé l'arme du crime ; on ignore même où madame Jonas a été assassinée ; il y a aucun témoin oculaire...

Mais l'avocat savait fort bien que certains accusés avaient été trouvés coupables, même s'il n'y avait eu que des preuves de circonstances.

— C'est entendu, tout accuse Jonas ajouta l'avocat. Mais sa façon de se conduire est ridicule. Ce qu'il raconte aux policiers ne tient pas debout; un coupable ne ferait pas ça. Même que certains policiers commencent à se poser des questions.

La conversation semblait tourner en rond. Aussi le Manchot décida-t-il d'y aller.

— Qu'attendez-vous exactement de moi? demanda-t-il.

Le jeune avocat regarda Michel. Il ne savait trop que répondre.

— Vous allez sans doute me prendre pour un imbécile, monsieur Dumont, mais j'ai commis une importante bévue. Lorsque j'ai été approché par Onil Jonas, j'ai compris que c'était pour moi une chance unique. Jonas est un drôle de bonhomme. C'est un type qui a des manies, un maniaque de l'exactitude et sûrement pas un homme qui aime jeter son argent par les fenêtres. J'ai fait la bêtise d'accepter un montant fixe pour sa défense, peu importe la durée du procès qui viendra bientôt. Ça ne se fait pas habituellement. Jonas me désarme complètement. Je ne sais plus de quelle façon aborder sa défense. À vrai dire, je ne vois qu'un seul moyen.

— Lequel?

— Celui de démêler tout ce mystère. Si Jonas est innocent, c'est qu'il y a un autre coupable. Il faudrait le découvrir. Pour ça, il ne faut pas trop compter sur la police.

Michel demanda, surpris :

— Pourquoi ?

— Même si quelques détectives ne sont pas certains de la culpabilité de Jonas, on a là le coupable idéal : un homme un peu maniaque que personne ne veut croire et qui ne réussira jamais à convaincre un jury. Alors, pourquoi les policiers chercheraient-ils plus loin ? Non, il faudrait un enquêteur privé et je me suis demandé, si toi, Michel, tu ne pourrais pas t'en occuper.

Le grand Beaulac répondit aussitôt :

— Tu sais fort bien que je travaille pour l'agence du Manchot.

— Oui, je le sais.

Puis, se tournant vers Dumont, il spécifia :

— J'ai parlé de vous à Jonas ; j'ai pensé que votre nom l'encouragerait, qu'il sauterait à pieds joints sur l'opportunité que je lui offrais. Vous savez ce qu'il m'a répondu ? Que j'étais libre de vous engager ou non, que j'avais accepté un montant fixe pour sa défense, que c'était à moi de prendre les décisions.

— Autrement dit, conclut le Manchot, si vous retenez les services de notre agence, c'est vous qui devrez en assumer le coût ?

— C'est exactement ça. Alors, j'ai pensé à Michel, je me suis dit que... Enfin, s'il vous en parlait, vous pourriez peut-être... Si on prenait des arrangements spéciaux...

— Ce n'est pas dans mes habitudes, trancha le Manchot; je ne dirige pas une institution charitable...

— Je vous comprends très bien.

Mais, tout de suite, l'ex-policier esquissa un sourire.

— Je consens quand même à jeter un coup d'œil sur le dossier.

— C'est vrai?

— Si l'affaire m'intéresse, je ferai peut-être certaines concessions.

Le jeune avocat changea immédiatement d'attitude. Lui qui semblait si abattu était devenu enthousiaste.

— Monsieur Dumont, je suis persuadé que vous êtes capable de démêler toute cette affaire. Si vous réussissez, si, en cour, je parviens à prouver l'innocence de mon client et peut-être même à démasquer le véritable assassin, mon nom sera fait automatiquement. Je suis prêt à vous donner tout ce que Jonas m'a promis.

Le Manchot s'était levé. Il s'approcha de l'avocat.

— Je suppose que le dossier est là-dedans? demanda-t-il en montrant la serviette en cuir qui se trouvait près du fauteuil.

— Oui, tout y est. Les rapports des spécialistes, les interrogatoires que l'on a fait subir à Jonas, toute l'enquête du coroner ; enfin, l'histoire complète de ce sauvage assassinat.

— Vous pouvez me laisser tout ça ?

— Certainement.

— Je vais lire attentivement tout le dossier. Je pourrai alors me faire une juste idée de l'affaire et, demain, je vous téléphonerai.

L'avocat lui remit sa carte.

— Si je ne suis pas à mon bureau, vous pourrez tenter de me rejoindre chez moi. Vous avez les deux numéros.

Quelques instants plus tard, Michel présentait son ancien compagnon de collège aux deux femmes.

On s'attarda à causer de choses et d'autres, mais bientôt le Manchot sonna le signal du départ.

— Déjà, boss ? fit Michel, déçu.

Dumont montra la serviette de cuir.

— Il y a des centaines de pages dans ce porte-documents. Si je veux lire ça ce soir, il faut me mettre au travail le plus tôt possible.

Aussi, après avoir reconduit Candy chez elle, le Manchot rentra à son appartement, prit une bonne douche, passa sa robe de chambre, s'alluma un cigare, s'installa dans son fauteuil préféré et commença la lecture du dossier.

Il était près de trois heures du matin lorsque

enfin, Robert Dumont décida de se mettre au lit. Maintenant, il connaissait toute l'histoire de cet étrange phénomène qu'était Onil Jonas.

*
*   *

Ce matin-là, en s'éveillant, Onil Jonas avait jeté un coup d'œil sur son réveille-matin, puis sur sa montre-bracelet. Rapidement, il avait bondi hors de son lit et était allé ouvrir son poste de radio. Lorsque enfin l'annonceur donna l'heure exacte, Jonas comprit que l'électricité avait dû manquer quelques minutes durant la nuit.

Tous les matins, sans exception, Onil Jonas se levait à sept heures cinq. Or, la radio venait d'annoncer qu'il était sept heures dix-huit. En se hâtant, il alla tourner le commutateur sous sa cafetière et prit sa douche, jetant régulièrement un coup d'œil sur sa montre à l'épreuve de l'eau.

Il s'était vêtu en un temps record et lorsqu'il fut installé à table pour déjeuner, il avait rattrapé une bonne partie du temps perdu. Même s'il avait sa voiture dans le garage adjacent à sa maison, Jonas voyageait toujours en autobus et c'est à sept heures quarante-cinq exactement, qu'il devait se poster au coin de la rue.

À sept heures trente, il avait fini son déjeuner et était prêt à partir. C'est alors qu'on avait sonné à la porte.

— Ah non, pas un commerçant ce matin, s'était-il écrié d'une voix impatiente.

Il était allé ouvrir et un livreur lui avait remis une boîte ronde, une sorte de boîte à chapeau.

— Vous êtes bien monsieur Onil Jonas? avait demandé le livreur.

— Oui, mais oui! Qui voulez-vous que je sois?

— C'est pour vous.

— Qu'est-ce que c'est?

— Je l'ignore, monsieur. Un cadeau, sans doute. On m'a simplement demandé de vous livrer cette boîte.

Et sans plus attendre, le livreur avait laissé la boîte et était parti aussitôt. Jonas avait transporté la boîte sur la table de sa salle à manger, puis, après avoir jeté un autre coup d'œil sur sa montre, il avait décidé : « Il est trop tard, je n'ai pas le temps de l'ouvrir, il me reste six minutes pour me rendre au coin de la rue. Je verrai cela ce soir. »

Non, cet homme, maniaque de la ponctualité, n'allait pas risquer quelques minutes de retard, même si cette boîte l'intriguait. Et, saisissant son chapeau melon démodé et sa canne, il s'était rendu à son travail.

Ce n'est qu'à cinq heures trente qu'Onil

Jonas, selon son habitude, était rentré chez lui. Tous les mercredis soirs, sans exception, il se rendait au cinéma. Le programme débutait à sept heures et demie ; aussi, il n'avait jamais de temps à perdre. Il devait préparer son repas, manger au plus tard à six heures trente, laver sa vaisselle et quitter son appartement à sept heures dix pour ne pas arriver en retard à la projection du film.

Onil Jonas, en apercevant la boîte sur sa table, avait décidé de ne faire qu'un léger repas froid. Ça lui prendrait moins de temps, pratiquement pas de vaisselle à laver et il aurait le temps d'ouvrir la fameuse boîte.

Il mangea donc rapidement ; puis, après avoir remis tout en ordre dans sa cuisine, il avait jugé le moment propice pour connaître enfin le contenu de ce que le livreur avait appelé « un cadeau ».

Le curieux de petit homme avait déchiré le papier d'emballage et avait jeté le tout dans une petite fournaise, du genre tortue. Cette vieille fournaise à bois lui permettait de réchauffer tout l'avant de son logis ; à l'arrière, il n'avait qu'un poêle à l'huile et il considérait que, de cette façon, il économisait beaucoup d'argent.

Onil Jonas se retint pour ne pas pousser un cri en soulevant le couvercle. Dans la boîte, déposée sur de la paille, se trouvait une tête, une tête de femme... Et cette femme, c'était son épouse, Valérie. Tous les deux, d'un commun accord, avaient décidé de se séparer et ils ne se voyaient qu'irrégulièrement ; cependant, cette séparation n'avait jamais fait l'objet de procédures légales.

Tout tremblant, Jonas avait avancé la main. « C'est sûrement une farce », s'était-il dit. Cette tête pouvait être en cire. Aussi, du bout des doigts, avait-il palpé la peau. Aucune erreur possible, il s'agissait bien d'une véritable tête humaine. Ne pouvant plus se retenir, Jonas avait couru à sa salle de bain. Il se sentait étourdi. Il avait mouillé une serviette, l'avait placée sur son front, puis s'était étendu sur son lit.

Onil Jonas cherchait à réfléchir. Qui donc avait tué sa femme ? Pourquoi lui avoir fait parvenir la tête ? Où se trouvait le reste du cadavre ? Il se devait de prévenir la police immédiatement. Petit à petit, l'homme avait repris son calme et, lorsqu'il se leva, il jeta un coup d'œil sur sa montre.

« Du calme, Onil, du calme, s'était-il dit. Si tu appelles la police, ça bouleversera tout ton horaire. Je devrai attendre et serai sûrement en retard à mon cinéma du mercredi. Je téléphonerai en revenant. Il n'y a que sur mes heures de sommeil que je puis gruger. »

Et, sans plus se préoccuper de cette fameuse tête, Onil Jonas s'était rendu au cinéma où il était arrivé à sept heures vingt-huit exactement, soit juste à l'entracte séparant les deux longs métrages.

Malgré toute sa bonne volonté, il n'avait pu s'intéresser à l'histoire qui se déroulait sur le grand écran. Enfin, il prit sa décision. Il ne lui servait à rien de demeurer dans ce cinéma. C'était du temps perdu. Il sortit donc, sans remarquer que le portier qui le connaissait bien le saluait de la main.

Et ce soir-là, Onil Jonas avait erré longtemps, au hasard, marchant comme un automate, incapable de réfléchir. « Si j'appelle la police, songeait-il, car il faudra bien que je l'appelle, ça va me causer des tas d'ennuis, ça va déranger tous mes horaires. »

Combien de temps se promena-t-il ainsi? Il n'aurait pu le dire; mais, soudain, il s'était senti très fatigué. Il ne pouvait rentrer chez lui, avec cette horrible tête qui reposait dans sa boîte. Brusquement, il avait pris une décision.

Il s'était rendu chez son pharmacien, qui le connaissait fort bien. Jonas lui avait expliqué qu'il venait d'apprendre la mort d'un ami très cher.

— Ça m'a rendu nerveux! Je suis incapable de fermer l'œil. Je comprends que je n'ai pas de prescription, mais il me faut absolument quelque chose pour me calmer.

Et, bon prince, le pharmacien lui avait donné deux capsules.

— Prenez ça et vous dormirez.

Sans plus attendre, Jonas s'était rendu dans un petit hôtel et avait loué une chambre pour la nuit. Évidemment, il s'était enregistré sous un faux nom, signant simplement « Jos Tremblay ».

Grâce au soporifique fourni par le pharmacien, il avait pu dormir. Mais, le lendemain matin, lorsqu'il s'éveilla vers six heures trente, il ne se sentait pas du tout reposé. Il lui fallait faire face à la musique. « Du calme, Onil, du calme. Tu n'es pas pour perdre ton emploi. Je vais me rendre à mon travail comme à l'ordinaire; ensuite, je verrai. »

Mais, à son bureau, tout le monde se rendit compte qu'Onil Jonas n'avait pas tellement de cœur au travail. Ce n'était plus l'employé modèle, l'archiviste qui gardait ses classeurs et fichiers à jour, comme si ça avait été son bien le plus précieux. Il était distrait; souvent, on lui avait parlé et il n'avait même pas répondu aux questions. Aussi, vers trois heures, lorsqu'il était allé trouver son patron pour lui demander congé, ce dernier n'avait pas hésité.

— Tout le monde s'est rendu compte que vous aviez quelque chose, monsieur Jonas.

— Un début de grippe, sans doute, moi qui ne suis jamais malade. Savez-vous que ça fait deux ans, quatre mois et trois jours que je n'ai pas manqué une seule heure de travail?

— Je sais, je sais, vous êtes notre employé le plus ponctuel; jamais une minute de retard. Aussi, je vous accorde le reste de l'après-midi et, demain, si vous ne vous sentez pas mieux, n'hésitez pas à vous déclarer malade.

Jonas n'avait plus qu'une idée en tête; en arrivant chez lui, il téléphonerait à la police, il raconterait tout. « Après tout, s'était-il dit, on ne peut m'accuser d'un meurtre que je n'ai pas commis. »

Et, en arrivant à son logis, il se précipita vers la table où il avait déposé la fameuse boîte. Il voulait l'examiner une dernière fois afin de se persuader que tout ça n'avait pas été un mauvais rêve. « Ah ça, mais où est-elle? »

Et il avait eu beau chercher partout, le macabre cadeau était disparu. On avait volé la tête coupée de Valérie.

## Chapitre IV

# ACCUSÉ DE MEURTRE

Le lendemain, à la suite d'un appel anonyme, on découvrit dans un terrain vacant la fameuse boîte contenant la tête d'une femme.

Inutile de dire que cette nouvelle avait fait sensation. Les policiers fouillèrent les environs et, à leur grande surprise, enterré à quelque deux pieds sous terre, on trouva le reste du cadavre.

Qui donc avait tué cette femme ? Pourquoi avoir séparé la tête du tronc, l'avoir placée dans une boîte, puis avoir enterré le corps non loin de l'endroit où on avait déposé la boîte.

Le corps de la femme était nu. Les policiers s'étaient tout de suite mis au travail. On releva les empreintes digitales de la morte, mais sans résultat. Elle ne possédait aucun casier judiciaire. On avait donc décidé de publier sa photo dans les journaux.

Dès le lendemain, les policiers avaient reçu un appel d'une femme.

— Je connais la morte qu'il y a dans le journal. C'est madame Onil Jonas. Son mari habite près de chez moi. Ils vivent séparés, tous les deux. Mais je suis certaine qu'il s'agit d'elle.

La femme avait refusé de s'identifier, mais elle avait donné l'adresse de la demeure d'Onil Jonas. Quelques heures plus tard, Jonas acceptait d'accompagner les policiers au poste où on lui fit subir un premier interrogatoire. Il n'avait rien nié.

— Oui, messieurs, je crois que c'est mon épouse, mais je n'en suis pas certain. C'est la raison pour laquelle je ne suis pas entré en communication avec vous. Vous savez, ça fait des semaines que je ne l'ai pas vue.

— C'est quand même curieux, monsieur Jonas ; une voisine a tout de suite reconnu votre épouse et vous, vous n'en étiez pas persuadé.

Et lors de cette première entrevue, Jonas avait dit aux policiers qu'il vivait séparé de sa femme depuis des mois, qu'ils ne se fréquentaient jamais, qu'il était un homme très minutieux, qu'il avait une vie parfaitement ordonnée et qu'il pouvait donner, à quelques secondes près, l'emploi de son temps.

Il faut dire que les policiers ne pouvaient pas s'imaginer ce petit maigrelet en assassin, en homme qui aurait dépecé le corps de son épouse.

Mais, dès le lendemain, on avait reçu, à l'escouade des homicides, un autre appel téléphonique.

— Demandez donc à monsieur Jonas ce qu'il a fait dans la soirée et dans la nuit du 13 au 14. Je ne puis vous en dire plus long.

Il fut impossible de retracer l'appel, la conversation n'ayant pas été assez longue. Tout ce qu'on savait, c'est que c'était un homme qui avait téléphoné.

Ce jour-là, il ne fut pas nécessaire de convoquer Onil Jonas. Il se présenta de lui-même au poste de police et décida de raconter toute son histoire. Évidemment, on l'avait trouvée quelque peu abracadabrante.

— Quand vous avez reçu cet étrange cadeau, vous n'avez pas songé à ouvrir la boîte tout de suite?

— Non, car alors je risquais de manquer l'autobus. J'aurais été en retard à mon travail. Pour moi, la ponctualité, c'est la première des qualités.

— Et le soir, vous rentrez chez vous. Au lieu de vous mettre en communication avec nous, vous allez au cinéma.

— C'est ce que je fais tous les mercredis soirs, messieurs. Mais remarquez que je n'ai pu regarder les films. J'étais trop inquiet.

Après ce second interrogatoire, on décida quand même de laisser Onil Jonas en liberté. Les policiers étaient persuadés que cet homme ne pouvait être un assassin. On avait décidé de vérifier son histoire.

Le portier du cinéma corrobora les dires de Jonas. Oui, il avait vu entrer Onil, comme tous les mercredis soirs. « C'est notre client le plus régulier. » Il l'avait vu sortir du cinéma, à peine une demi-heure plus tard, ce qui l'avait fort surpris.

Les policiers se rendirent aussi à la pharmacie. Malheureusement pour Jonas, le pharmacien, le 14 au matin, était parti vers l'Europe pour un séjour de deux mois. Il devait visiter plusieurs pays et il était pratiquement impossible d'entrer en communication avec lui.

Enfin, les policiers s'étaient rendus à la maison de chambres indiquée par Jonas. On montra au tenancier la photo de l'homme.

— Oh, vous savez, il passe tellement de clients ici que je peux pas me souvenir de tous ceux qui entrent et qui sortent. Mais je tiens mon registre à jour ; j'ai tous les noms de mes chambreurs.

On avait consulté la liste de noms. Il y avait plusieurs Jos Tremblay, tout comme des Jean Durand et des Jos Dupont. Donc, il était impossible de savoir si Onil Jonas avait dit vrai. Il n'avait aucun alibi pour sa fameuse nuit.

Après avoir procédé à une minutieuse inspection du logis de Jonas, les policiers en vinrent à la conclusion que personne ne s'était introduit dans la demeure par effraction. Pourtant, selon les dires de l'homme, on avait volé la boîte contenant la tête.

— C'est simple, avait expliqué le petit homme, je laisse toujours la fenêtre de ma chambre entrouverte. On a donc pu y entrer sans laisser de trace.

Et, petit à petit, les preuves circonstancielles s'accumulèrent contre Onil Jonas. Les policiers avaient appris qu'il avait eu, dans le passé, des querelles parfois violentes avec sa femme. Une fois, une voisine avait même dû appeler la police et, bien que Jonas eût frappé son épouse, celle-ci avait refusé de porter plainte.

L'inspecteur Bernier, chef de l'escouade des homicides de la police de la CUM, avait enfin pris une décision.

— Arrêtez-moi cet homme, avait-il ordonné. Il se moque de nous, ou bien c'est un malade.

Une fois derrière les barreaux, il se décidera peut-être à tout avouer.

On avait exécuté les ordres de l'inspecteur. Mais Onil Jonas n'avait aucunement modifié sa version des faits.

— Vous êtes ridicule, mon petit bonhomme, lui avait crié Bernier. Votre histoire ne tient pas debout. Personne ne voudra vous croire.

— J'ai dit la vérité.

— Et vous ne désirez même pas prendre un avocat.

— Pourquoi le ferais-je? Je suis innocent. C'est à vous, messieurs, de prouver ma culpabilité.

Et quelques jours plus tard, Onil Jonas se voyait accusé du meurtre de son épouse. C'est au hasard qu'il avait choisi Bertrand Girard comme avocat.

— Nous allons essayer de vous obtenir un cautionnement. Après tout, les preuves ne sont pas suffisantes pour porter une telle accusation. Moi, je sais bien que vous êtes innocent.

Mais à la grande surprise de l'avocat, Jonas lui avait déclaré:

— Ne demandez pas de cautionnement. Que ferais-je en liberté? Tous mes voisins me montreront du doigt, il me sera impossible de retourner à mon travail. La vie sera insupportable pour moi. Non, je préfère attendre mon procès en prison.

Et voilà que, soudainement, d'autres preuves s'étaient accumulées contre Jonas.

Une dame Gauthier, habitant en face de la demeure de Jonas, était venue déclarer aux policiers :

— Monsieur Jonas vous a menti. Ce soir-là, il s'est peut-être rendu au cinéma, mais il est revenu chez lui. Je l'ai bien vu.

— Vous l'avez vu rentrer ?

— Non, mais je l'ai vu sortir de son garage, avec sa voiture. Il pouvait être aux environs de neuf heures.

— Vous avez reconnu monsieur Jonas ?

— Mais non ! N'exagérez pas. Mais c'était sa voiture. Qui d'autre pouvait la prendre ? J'ignore combien de temps il a été absent, je ne l'ai pas vu revenir.

Questionné, Jonas avait protesté.

— Je vous ai déjà dit que je ne suis pas allé chez moi, ce soir-là. Je me suis promené long-temps, je suis passé chez le pharmacien et suis allé me louer une chambre. Vous n'avez qu'à vérifier !

Mais, justement, les policiers ne pouvaient rien vérifier. Après une minutieuse enquête, on avait découvert un second témoin prêt à jurer qu'il avait vu la voiture de Jonas sortir du garage, ce soir-là.

Et enfin, l'avocat Bertrand Girard avait appris que son client avait maintenu une police d'assurance sur la vie de sa femme, police contenant une clause de double indemnité en cas de mort accidentelle ou violente.

Et même si le jeune avocat croyait en l'innocence de son client, ce dernier se trouvait dans de forts mauvais draps.

*

*   *

En arrivant au bureau, vers neuf heures quinze, le grand Michel entra tout de suite dans le bureau de Robert Dumont.

— Alors, quelles nouvelles?

— À quel sujet?

— Vous avez consulté le dossier de mon ami Girard?

— Oui, j'ai même passé une partie de la nuit à le lire.

— Et qu'avez-vous décidé?

Le Manchot fut catégorique.

— Cet Onil Jonas est sûrement innocent. Pas un seul criminel, pour se sauver, raconterait une histoire aussi illogique. Moi, j'y crois. Malheureusement pour ce petit bonhomme, tout l'accuse et, si on ne découvre pas le véritable meurtrier, j'ai bien peur qu'il ne termine ses jours derrière les barreaux.

Michel, tout de suite, tira ses conclusions:

— Vous venez de dire: «Si on ne découvre

pas le véritable meurtrier » ; ça veut-il dire que vous avez décidé d'enquêter ?

— Je parlerai avec Girard, tantôt. J'avoue que cette histoire me passionne. D'un autre côté, nous avons beaucoup de travail et...

— Laissez-moi m'occuper de l'affaire, boss. S'il le faut, je ferai du temps supplémentaire. Je voudrais pas laisser tomber un ami pour une question d'argent.

Juste à ce moment, Rita, la secrétaire, sonna le Manchot.

— Oui, qu'est-ce que c'est ?

— Maître Bertrand Girard voudrait vous parler, monsieur Dumont.

— Merci.

Le Manchot décrocha son récepteur.

— Allô, maître, j'allais justement me mettre en communication avec vous.

— Il y a du nouveau, monsieur Dumont. Je viens de recevoir un appel des autorités de la prison. Monsieur Jonas est dans tous ses états. En prenant son déjeuner, ce matin, il a trouvé sous sa soucoupe une carte. Sur cette carte, on avait dessiné, tout simplement, une tête de mort.

— Je suppose que les autorités ont fait enquête ?

— Oui, évidemment ; mais on ne sait pas du tout qui a pu dessiner cette carte, de quelle façon on l'a introduite dans le cabaret de Jonas et, enfin, la signification de ce petit dessin. Jonas, lui, est persuadé que quelqu'un a décidé de le tuer.

Il se pouvait fort bien, en effet, que ce soit une sorte de lettre de menace.

— Vous avez pu vous entretenir avec votre client ?

— Non, j'allais justement me rendre à la prison pour le rencontrer.

— Eh bien, Michel va vous accompagner.

— Ça veut dire que vous consentez à vous occuper de l'affaire ?

— Oui et non. Sans y consacrer tout notre temps, nous allons tenter de vous donner un coup de main. Dites-moi, Girard, les policiers surveillent-ils la maison de Jonas ?

— Non. On a fouillé l'endroit, mais la maison n'est sûrement pas surveillée. Vous voulez la visiter ? Jonas n'y verra aucune objection, j'en suis persuadé. Je vais vous obtenir la clef du logement.

Mais le Manchot répliqua aussitôt :

— N'en faites rien. Ne dites même pas à Jonas que je m'occupe de son affaire. Vous présenterez Michel comme un confrère, ou encore un ami. Je veux qu'il ignore que j'enquête sur la mort de sa femme.

Lorsqu'il eut raccroché, le Manchot ordonna à Michel de se rendre immédiatement à la prison et de se joindre à Bertrand Girard.

— Étudie surtout le comportement de ce curieux bonhomme. J'ai bien hâte de connaître ton appréciation sur lui.

— O.K. boss, j'y vais tout de suite.

Une fois seul, Robert Dumont ouvrit la serviette en cuir dans laquelle se trouvait tout le dossier que lui avait confié maître Girard. Il étudia longuement le rapport de l'autopsie. Selon les spécialistes, madame Jonas avait été étranglée ; puis plus tard, on avait séparé la tête du tronc. Tout indiquait que l'on s'était servi d'une scie électrique. « Elle devait être morte depuis déjà quelques heures, ce qui explique que le sang n'a pas coulé », précisait le rapport du médecin légiste.

« Mais pourquoi avoir tranché la tête de la morte ? Pourquoi l'avoir fait parvenir à Jonas pour ensuite la récupérer et aller la déposer à l'endroit où on avait enterré le cadavre ? Tout ça est illogique. »

Le Manchot allait refermer le dossier, lorsqu'une phrase attira son attention. D'après les analyses, le coroner pouvait affirmer que madame Jonas était une adepte de la drogue. Ça ne faisait aucun doute.

Pourtant, ni les policiers, ni Girard n'avaient questionné Jonas sur ce sujet. D'ailleurs, on n'expliquait nulle part la raison des querelles entre Jonas et son épouse. « Ce sont des points qu'il faudrait éclaircir. Oui, il y a beaucoup à faire dans ce dossier. »

Déjà, Michel enquêtait en compagnie de Girard ; le Manchot voulait visiter la maison du prévenu, mais il ne pouvait pas mettre toute son équipe sur cette affaire. Candy était déjà débordée de travail et Dumont avait demandé à Rita d'engager deux aides, d'anciens policiers aujourd'hui à leur retraite.

Avant de quitter le bureau, le Manchot donna des directives à Candy. C'est elle qui devait distribuer le travail à ces aides temporaires.

— Michel et moi serons probablement absents une partie de la journée. Alors, je te confie la responsabilité du bureau.

— Comptez sur moi, Robert, je ferai de mon mieux.

Le Manchot sauta dans sa voiture et, bientôt, il arriva au petit bungalow qu'habitait Onil Jonas. Il fit rapidement le tour de la maison puis s'approcha du garage. En soulevant la lourde porte, il se rendit compte qu'elle n'était pas verrouillée et qu'il était très facile de pénétrer dans le garage. La voiture de Jonas, une automobile Ford qui datait de sept ans, s'y trouvait stationnée. Au fond du garage, une porte donnait dans la maison. Cette porte était fermée à clef. Le Manchot examina la serrure.

— Pour un spécialiste, c'est un jeu d'enfant que d'ouvrir cette porte. Je suis presque certain qu'avec un simple canif, je pourrais le faire.

Mais, avant d'entrer dans la maison, il décida d'examiner la voiture. Les portières n'étaient pas fermées à clef. Dumont savait que les policiers avaient relevé les empreintes digitales sur le volant de la voiture. On n'y avait trouvé que celles de Jonas. Dumont passa la main sous le tableau de bord, tira sur un bouton et le capot se souleva légèrement.

Quelques secondes plus tard, le détective se penchait sur le moteur. « C'est bien ce que je pensais. Il est très facile, en joignant ces deux fils, de faire démarrer l'automobile. »

Donc, l'assassin, après avoir fait parvenir la tête à Jonas, avait sans doute surveillé les allées et venues de l'homme. Se rendant compte que Jonas n'avait pas prévenu la police, le meurtrier avait changé son fusil d'épaule. En entrant par la fenêtre de la chambre, laissée entrouverte, il n'avait eu qu'à reprendre la tête, à ouvrir la porte menant au garage, à faire démarrer la voiture et, sans plus attirer l'attention, il était allé déposer la tête non loin de l'endroit où le cadavre était déjà enterré. « Ensuite, il a pu revenir, remettre la voiture en place et ressortir, soit par la porte du garage, soit en s'introduisant dans la maison et en sortant par une porte arrière pour ne pas attirer l'attention. » Oui, tout ça était possible. L'assassin, portant des gants, avait pu ne laisser aucune empreinte. Mais pour quel motif avait-il agi de cette façon ? C'était là tout le mystère si, évidemment, Onil avait dit la vérité.

Le Manchot referma le capot de la voiture, puis se dirigea vers la porte menant à la maison. À l'aide de la lame de son canif, il réussit, assez facilement, à faire jouer la serrure. Il tourna la poignée mais la porte ne fit que s'entrouvrir légèrement : à l'intérieur, on avait mis la chaîne de sûreté.

« C'est sans doute les policiers qui ont fait ça... »

D'un solide coup d'épaule, il ébranla la porte et put glisser sa main droite dans l'entrebâillement. Il chercha à rejoindre la chaîne, réussit, tira, mais elle résista.

Robert Dumont introduisit alors sa main gauche dans l'ouverture. Cette prothèse nouvelle développait plus de deux fois la puissance d'une main naturelle, de sorte que ce fut avec une facilité déconcertante qu'il arracha pratiquement la chaînette. Et la porte s'ouvrit.

« Je devrai réparer ça avant de partir. Autrement, ça attirera l'attention des policiers. »

Quelques secondes plus tard, Dumont se trouvait dans le petit bungalow de Jonas. Il voulait fouiller toutes les pièces avec minutie, et il décida de commencer par la chambre.

Mais il s'arrêta brusquement. Il venait d'entendre un bruit venant d'une autre pièce. Comme si une porte s'était ouverte.

Le détective dégaina rapidement son pistolet. Qui donc pouvait posséder la clef de la maison ? « Peut-être des policiers. »

Se glissant sur le bout des pieds, évitant de faire le moindre bruit, le Manchot sortit de la chambre. Il s'avança dans le corridor et, bientôt, aperçut une ombre qui bougeait dans la salle à dîner. Un homme était en train de fouiller dans un vaissellier.

— Ne bougez pas ! Les mains contre le mur, fit le Manchot en se précipitant dans la pièce.

L'homme obéit.

— Maintenant, tournez-vous. Lentement.

Dumont connaissait la plupart des policiers municipaux, surtout les détectives attachés à l'escouade des homicides. Mais le gorille à figure de brute qui lui faisait face à présent, lui était totalement inconnu.

— Que venez-vous faire ici ? fit-il en s'avançant vers l'homme.

Dumont, soudain, sentit une présence derrière lui. Il voulut se retourner mais n'en eut pas le temps. Une vive douleur à l'arrière de la tête. Il ferma les yeux une seconde ou deux, les rouvrit et vit le plafond qui tournait à une vitesse vertigineuse. En même temps ses jambes devenaient molles comme de la gelée, elles ne pouvaient plus le soutenir. Il s'écroula sur le tapis, inconscient.

## Chapitre V

# LE MANCHOT DISPARAÎT

Onil Jonas était beaucoup plus nerveux que lors de sa dernière entrevue avec son avocat Bertrand Girard.

— Ils veulent me tuer, fit-il, tremblant de peur.

— Qui veut vous tuer? demanda l'avocat.

— Pourquoi avez-vous dit « ils veulent » enchaîna aussitôt Michel. Vous savez de qui il s'agit? Ceux qui ont tué votre femme?

— Qui est ce type? demanda Jonas.

— Écoutez, Jonas, répliqua sèchement Girard; lors de notre dernière entrevue, vous m'avez dit de me débrouiller, d'engager qui je voudrais ; qu'au fond, c'est moi qui devais payer pour ça. Alors, ne me posez plus de questions. Laissez-moi agir et faites-moi confiance. Répondez aux questions qu'on vous a posées. Qui sont ceux qui veulent votre mort et pourquoi ?

Le petit homme s'écria :

— Mais, je ne sais pas, moi. Quand j'ai dit : « Ils veulent me tuer », je pensais à tous ceux qui m'entourent, les gardiens, les autres prisonniers. Je ne veux pas rester ici. Il faut me faire transférer, maître. Je préférerais même être remis en liberté provisoire. Au moins, je pourrais me cacher en attendant.

Michel s'impatientait facilement.

— Mais pourquoi vous cacher ? Vous avez peur de quoi ? Dites donc la vérité, pour une fois.

— Je vous en prie, monsieur, ne criez pas. Je n'ai pas l'habitude que l'on me parle sur ce ton. Et puis, ce n'est pas à vous que je m'adresse, mais à mon avocat.

— Sacrament ! murmura Michel en serrant les dents.

Le petit homme tourna carrément le dos à Michel et ne s'adressa plus qu'à son avocat.

— J'ignore qui veut ma mort. C'est sans doute la même personne qui a liquidé ma femme et qui tente de me faire accuser de meurtre. Il craint de ne pas réussir. Alors, cette personne aura décidé de me supprimer. Je n'ai plus confiance aux gardes, je n'ai plus confiance en personne, même pas en vous. Qui me dit que vous n'êtes pas à la solde des assassins ? On prend plaisir à bouleverser tous mes horaires. C'est simple, on veut me rendre fou.

— Crains rien, mon bonhomme, je pense que tu l'es déjà, murmura Michel.

Girard tenta de rétablir le calme.

— Monsieur Onil, écoutez-moi bien. Votre femme a été assassinée. Vous ne me ferez jamais croire que vous ne vous doutez pas pourquoi ?

— C'est pourtant la vérité.

— Maintenant, on vous fait des menaces de mort. Quand il fut question de votre libération en attendant votre procès, vous n'avez pas voulu que j'en fasse la demande. Vous aviez peur qu'on s'en prenne à vous. Toujours cette peur que je sens chez vous, depuis le début. Vous ne pensez pas qu'il est temps de cesser de jouer à cache-cache.

Onil Jonas était offusqué. Il alla frapper dans la porte.

— Garde ! Garde !

— Qu'est-ce qui vous prend ?

— Vous ne me croyez plus, vous n'avez plus confiance en moi. Je ne veux plus de vous comme avocat, je ne veux plus personne. Je me défendrai seul, vous entendez ?

Michel murmura à l'intention de Girard :

— C'est pas un cadeau, un client comme lui. C'est un maudit détraqué !

Girard avait repoussé Jonas au centre de la pièce.

— Je comprends mal votre attitude, mais avouez donc que vous craignez même que je vous fasse innocenter du crime dont on vous accuse. Vous savez, je pourrais y réussir facilement. Je n'ai qu'à vous faire passer pour un arriéré mental. Je n'aurais aucune difficulté. Les policiers, la Couronne, tous s'attendent à ce que je plaide la folie.

Jonas allait répondre lorsque la porte s'ouvrit et qu'un garde parut.

— Michel Beaulac, c'est vous ?

— Oui.

— On vous demande au téléphone et on dit que c'est urgent. Venez avec moi.

Le garde allait s'éloigner, mais Jonas le rappela :

— Ramenez-moi à ma cellule, garde. Je ne veux plus voir personne, vous entendez, je ne veux plus qu'on me dérange.

— Patientez quelques secondes, je reviens, après avoir reconduit ce monsieur.

Il ferma la porte de la petite salle à double tour. Puis, précédant Michel, il le conduisit

vers la pièce où se trouvait l'appareil téléphonique.

*
*   *

Le Manchot ouvrit les yeux. Il avait un très
fort mal de tête. Il chercha à bouger, mais ses
jambes étaient comme paralysées. Des voix lui
parvenaient d'une pièce voisine.

— Faut pas s'attarder ici.

— Énerve-toi pas, 'stie. Y est dans les pommes
pour plusieurs minutes. Quand je fesse, moi,
j'fesse. Si tu m'avais pas retenu, je l'aurais
achevé.

— Ta gueule, parle pas trop, il peut nous
entendre.

Le Manchot porta la main droite à la poche
intérieure de son veston. Il portait là un émetteur, pas beaucoup plus gros qu'un paquet de
cigarettes. Les criminels l'avaient désarmé, mais
on n'avait pas pensé à lui enlever cet appareil.

Il réussit à le sortir de sa poche et mit le
contact. Michel, Candy ou Rita recevraient
certainement son message.

Le détective avait vu juste. Assise à son
bureau, Candy venait d'entendre le « bip bip »
de l'appareil placé devant elle. Elle appuya sur
un bouton.

— Ici Candy, j'écoute.

Mais elle ne reçut aucune réponse. Pourtant, l'appareil continuait son petit « bip bip ».

— Voyons, qu'est-ce qui se passe?

Elle prit l'appareil et le porta à son oreille. Elle entendit une voix lointaine:

— Même si c'est le Manchot, penses-tu que j'aurais hésité à l'envoyer dans l'autre monde?

— On voudra peut-être le questionner.

Candy appuya encore sur le bouton émetteur:

— Allô, allô, ici Candy, vous m'entendez?

Mais encore une fois, personne ne répondit. Maintenant, elle n'entendait plus de bruit de voix, seulement des chuchotements.

— Mais qu'est-ce qui se passe?

Soudain, une voix plus forte se fit entendre dans l'appareil.

— Bout d'christ! Regarde ça! Tu sais ce que c'est? Un poste émetteur, une sorte de walkie-talkie et...

Le son fut coupé brutalement. Candy, très pâle, se leva et se dirigea vers Rita.

— Robert est en danger.

— Hein?

— Vite, dites-moi où il se trouve.

— Mais je ne sais pas moi. Il m'a dit simplement qu'il serait absent pour une partie de la journée. Il doit rappeler, que se passe-t-il?

— Je le sais pas, mais faut lui porter secours.

Qu'est-ce qu'il a fait ce matin, avant de partir?

— Tu le sais comme moi. Candy. Il a causé avec Michel, puis le grand est parti. Ensuite, le patron t'a fait demander puis il est sorti à son tour.

— Il a pas reçu d'appels téléphoniques?

— Si... attends une seconde, j'ai noté le nom. C'est maître Bertrand Girard.

Candy s'écria :

— L'avocat d'hier soir, je le connais.

— Je me souviens, maintenant, Michel est allé rencontrer cet avocat. Ils se sont donné rendez-vous à la prison.

Candy bondit littéralement sur l'appareil téléphonique. Quelques minutes plus tard, elle était en conversation avec la direction de la prison où l'on gardait Onil Jonas prisonnier.

— Écoutez-moi bien, c'est excessivement important, dit-elle. Je veux absolument parler à monsieur Michel Beaulac.

— Qui?

Candy se calma pour mieux expliquer :

— Vous avez un prisonnier du nom d'Onil Jonas, il attend son procès pour meurtre. Présentement, ce prisonnier doit être en conversation avec son avocat, maître Bertrand Girard. Or, Michel Beaulac accompagne justement l'avocat.

— Un instant, je vais me renseigner.

— Faites vite.

Après deux minutes, qui parurent longues comme deux heures, le préposé revint à l'appareil.

— Mademoiselle, vous aviez raison. Messieurs Beaulac et Girard sont présentement en conversation avec le prévenu Onil Jonas.

— Vous lui avez fait le message, vous lui avez dit que je désirais lui parler?

— On est en train de le prévenir, mademoiselle. Voulez-vous qu'il vous rappelle?

— Non, je vais attendre.

Enfin, Candy perçut la voix du standardiste.

— Oui, monsieur Beaulac. Appuyez sur la seconde ligne.

— Allô?

Elle venait de reconnaître la voix de Michel.

— C'est Candy. Vite, dis-moi, sais-tu où se trouve monsieur Dumont, toi?

— Pourquoi?

— Je sais pas ce qui se passe. Il a branché son appareil émetteur, il est sans doute en danger et il semble pas pouvoir me parler.

— Il a dit qu'il se rendait à la demeure de monsieur Jonas pour examiner les lieux. Je peux pas t'en dire plus long.

Candy, impatiente, s'écria:

— Mais où se trouve la demeure de monsieur Jonas?

— Une seconde, maître Girard arrive, je vais te donner l'adresse.

Et quelques secondes plus tard, il put transmettre le renseignement à Candy.

— Veux-tu que je m'y rende?

— Non, je m'en occupe. Mais garde ton appareil émetteur à la portée de la main. Si j'ai besoin d'aide, je communiquerai avec toi.

Et la jolie blonde raccrocha. En vitesse, elle glissa son revolver dans son sac.

— Je te téléphonerai, Rita.

Et, en coup de vent, elle sortit du bureau. À peine installée au volant de sa voiture, elle démarra à vive allure. Elle brûla deux feux de circulation, faillit écraser un piéton et évita un accident de justesse.

Un chauffeur de taxi lui cria:

— Christ de folle! Va apprendre à conduire.

Enfin, Candy tourna dans la rue où habitait Onil Jonas. Elle aperçut immédiatement la voiture du Manchot, stationnée juste en face de la maison, de l'autre côté de la rue.

À ce moment précis, une voiture démarra en trombe, les pneus grinçant sur le pavé. Candy n'hésita pas. L'automobile venait de tourner le coin de la rue et s'engageait dans une artère beaucoup plus achalandée.

Elle appuya sur l'accélérateur, tourna le coin de rue sur deux roues et, se faufilant entre les voitures, elle chercha à rejoindre l'automobile noire. «Si seulement je peux me rapprocher pour pouvoir relever le numéro de plaque.»

Déjà, elle avait pu apercevoir deux chiffres. Au coin de la rue, le feu était passé au rouge et ni la voiture noire, ni l'automobile de Candy ne pouvaient se dégager de la circulation. Cette fois, elle réussit à noter le numéro entier.

Enfin, le feu passa au vert et le trafic s'ébranla. La voiture noire bondit en avant. Candy appuya sur l'accélérateur et, la main sur l'avertisseur, elle chercha à se frayer un chemin dans l'intense circulation. On entendait des bruits de freins un peu partout. Les accidents étaient évités de justesse.

Lorsque Candy passa l'intersection, déjà elle filait à une bonne vitesse ; elle se rapprochait de l'automobile noire. Mais c'est à ce moment qu'elle entendit un hurlement de sirène derrière elle. « La police ! Ils vont pouvoir m'ouvrir le chemin. »

Elle ralentit et la voiture auto-patrouille arriva à sa hauteur.

— Vite, poursuivez cette voiture noire. Je suis l'assistante du Manchot. Vite.

Mais l'auto des policiers s'était placée en travers de la route, coupant complètement le chemin à Candy.

— Les maudits épais !

Un policier venait de descendre de la voiture.

— On fait de la vitesse, la belle ?

Rapidement, Candy sortit sa carte d'identité de son sac.

— Vous n'avez rien compris? Je suis l'assistante du Manchot. Je poursuis quelqu'un...

Le policier ne put s'empêcher de rire.

— Toutes les excuses sont bonnes.

— Maudit verrat. Mais ouvre-toi les yeux, baquais. Tu vois pas ma photo? J'suis pourtant pas difficile à reconnaître.

— Sois polie, veux-tu?

Enfin, le policier examina la carte.

— Qu'est-ce que c'est? fit son collègue en s'approchant à son tour.

— J'espère qu'au moins, sur deux, il y en a un d'intelligent. Ce serait une bonne moyenne pour des policiers, murmura Candy.

— Tu connais ça, Candine Varin? Robert Dumont, ça te dit quelque chose?

— Oui, c'est le Manchot qui a ouvert une agence de détectives privés.

Le premier policier parut décontenancé.

— Alors, son histoire est vraie?

— Ça fait cinq minutes que j'essaie de faire comprendre à ce nono-là que je poursuivais des criminels. Il se peut même que la vie du Manchot soit en danger. Maintenant, il est trop tard, la voiture est loin, ragea Candy.

Soudain, elle songea au numéro qu'elle avait pu relever.

— Vite, transmettez le message par votre radio. Voici le numéro de plaque de la voiture. Y'a pas un instant à perdre.

Le second policier retourna à sa voiture pendant que l'autre continuait de surveiller Candy. Lorsqu'il revint, il annonça :

— Il s'agit d'un char volé. J'ai transmis le numéro. On va tenter de le faire intercepter.

— Oui, s'il est pas trop tard. Avez-vous encore besoin de moi ? demanda Candy.

— T'es pressée de partir, la belle, fit le premier policier. Tu as traversé l'intersection à près de cinquante milles à l'heure...

— Quand vous poursuivez des criminels, vous autres, je suppose que vous traînez les pieds ?

Le second policier, évidemment plus sympathique à la cause de Candy, fit signe à son collègue.

— Allons, laisse-la. On va tenter de rattraper la voiture. Viens.

Les deux hommes s'éloignèrent enfin. Candy resta un moment indécise. Après tout, rien ne lui disait que le Manchot était dans la voiture. D'après la conversation qu'elle avait eue avec Michel, Robert Dumont était supposé être au logis de Jonas. Elle décida donc d'y retourner.

La voiture du Manchot était toujours stationnée au même endroit. Candy alla sonner à la porte de la maison, mais personne ne répondit. C'est alors qu'elle se rendit compte que la porte du garage était restée entrouverte. Elle se glissa à l'intérieur et jeta un coup d'œil autour d'elle. Elle ne mit pas de temps à apercevoir la porte du fond, donnant sur la maison, et qui avait été forcée.

Elle sortit son revolver de son sac et se glissa dans la maison d'Onil Jonas. Elle tendit l'oreille, mais ne perçut aucun bruit. Sur le bout des pieds, elle pénétra dans la cuisine, puis dans la salle à manger.

Immédiatement, sur le tapis, elle aperçut un appareil de forme rectangulaire.

— L'émetteur de Robert.

Mais cet émetteur semblait avoir été écrasé d'un violent coup de pied. Sur le tapis, Candy remarqua une petite tache.

Elle se pencha et toucha du doigt. C'était du sang, et la tache était toute fraîche. Se relevant rapidement, elle regarda autour d'elle et, enfin, aperçut l'appareil téléphonique placé sur une table.

Aussitôt, elle appela la police.

— Je suis Candine Varin, c'est moi qui poursuivais une voiture volée dont on vous a transmis le numéro, il y a à peine cinq minutes.

— Un instant, mademoiselle Varin.

Avant de répondre aux questions de Candy, celui à qui fut transmis l'appel chercha à questionner la jeune fille.

— Écoutez, tout ce que je veux savoir, c'est si vous avez pu retracer la voiture.

— Non, elle nous a glissé entre les doigts.

— Ça me surprend pas, avec l'imbécile qui était au volant de votre auto-patrouille.

— Mademoiselle Varin, que s'est-il passé exactement ? Vous devez nous en dire plus long. Où êtes-vous présentement ? Est-ce vrai que monsieur Dumont serait en danger ?

Candy essayait de réfléchir, mais ses idées se bousculaient dans sa tête. Si elle donnait le nom d'Onil Jonas, immédiatement on rattacherait le Manchot à l'affaire de la morte à la tête tranchée ; et Candy connaissait l'inspecteur Bernier, chef de l'escouade des homicides, elle savait qu'il rêvait de prendre Robert Dumont en défaut. Bernier détestait tout le monde, ses hommes, les détectives privés et surtout le Manchot avec lequel il avait déjà eu plusieurs prises de bec.

D'un autre côté, la grosse fille devait se rendre à l'évidence, son patron était disparu. On l'avait sans doute enlevé et elle n'avait pas la moindre piste ; seulement le numéro de plaque d'une voiture... une voiture volée.

Et ne sachant que répondre, elle raccrocha, sans dire un mot de plus.

# Chapitre VI

# UNE MAIN
# FORT UTILE

Lorsque l'un des deux hommes aperçut l'émetteur et l'écrasa d'un violent coup de talon, le Manchot crut sa dernière heure arrivée. Une seconde plus tard, il recevait un autre coup à la tête, qui lui fit perdre connaissance.

Lorsqu'il rouvrit les yeux, il comprit qu'il était étendu de tout son long, à l'arrière d'une voiture. Sa tête le faisait affreusement souffrir. L'automobile filait à grande vitesse, freinait brusquement, tournait à gauche, puis à droite. On semblait être engagé dans une course contre

la montre. « Ils sont fous, ils vont nous tuer »,
songea le détective.

Soudain, il entendit un des hommes éclater
de rire.

— Elle est bonne ! Les policiers ont arrêté
l'autre char. On lui a échappé !

— Parle pas trop vite, fit l'autre homme.
S'ils ont pu relever notre numéro on est finis.

À présent, la voiture avait ralenti considéra-
blement.

— T'oublies une chose, petite tête. Le char a
été volé et on va pas rester dedans pour
attendre les chiens.

— Où c'est qu'on va comme ça ?

— Au car-wash. Ensuite, finis nos problèmes.

Les deux hommes se turent et la voiture
continua à filer. Le Manchot avait fermé les
yeux. Si seulement ce mal de tête pouvait
disparaître. Il chercha à remuer les mains, les
jambes et se rendit compte qu'on l'avait ligoté.

Il voulut se soulever, mais tout se mit à
tourner autour de lui et, pendant quelques
instants, il perdit de nouveau la notion du
temps.

Maintenant, la voiture avait stoppé. De loin,
Dumont entendit un bruit de voix. Une portière
s'ouvrit et se referma. Quelqu'un cria de loin :

— Il faudra revenir, il faut qu'on ferme le
car-wash pour au moins une heure. On arrête
après cette auto-là.

Le véhicule dans lequel se trouvait le Manchot s'était remis en marche, mais très lentement. Bientôt, le détective entendit l'eau couler sur le toit et dans les vitres de la voiture. On était en train de la nettoyer. Soudain, tout bruit cessa et l'automobile stoppa. Les portières s'ouvrirent.

— Transportez-le dans l'autre voiture, fit une voix. Faites vite, faut pas attirer l'attention.

Le Manchot se sentit tirer par les pieds. Deux hommes le transportèrent et le placèrent à l'intérieur d'une seconde automobile, stationnée derrière la première.

— Traîne pas, fit à nouveau la même voix ; la voiture est probablement recherchée. Laisse-la sur un terrain vacant.

Et, de nouveau, Dumont entendit le bruit des portières qui se refermaient ; l'eau se remit à couler et l'automobile recommença à rouler lentement.

La situation était fort simple, le Manchot avait tout deviné. À l'intérieur du garage qui servait de lave-auto, en l'espace de quelques secondes, on avait opéré le changement de voiture. La première automobile, d'après ce qu'il avait pu comprendre, était une voiture volée qu'on allait tout simplement abandonner sur un terrain vacant. Quelqu'un, probablement un de ses assistants, après avoir entendu le message lancé par son poste émetteur, était accouru à son secours et s'était lancé à la poursuite de ceux qui l'avaient assommé.

Que s'était-il passé par la suite? Le Manchot l'ignorait; mais, maintenant, il comprenait que les criminels avaient pu échapper à leurs poursuivants, que leur voiture, ne serait pas recherchée, qu'ils ne couraient désormais aucun danger. « Et je suis bien certain qu'on a dû fouiller toutes mes poches, qu'on a dû tout m'enlever. »

Puis il songea à sa main, à sa prothèse, et il esquissa un sourire. « Si seulement je peux me libérer de mes liens, je vais leur causer la surprise de leur vie. »

*
*   *

Candy était rapidement sortie de la demeure de Jonas et avait regagné son automobile après avoir cherché, inutilement, à ouvrir les portières de la voiture du Manchot. « J'aurais bien aimé pouvoir la déplacer. Si les policiers la trouvent en face de la maison de Jonas, ils tireront rapidement leurs conclusions. »

Une fois au volant de sa voiture, Candy décrocha le téléphone et composa le numéro du bureau.

— Rita, ici Candy. Je suppose que Michel a dû t'appeler pour en savoir plus long?

— Pas du tout, je n'ai eu aucune nouvelle depuis ton départ. Tu as retrouvé monsieur Dumont ?

— Non. J'aurais probablement pu le sauver, mais des maudits épais sont intervenus... ce serait trop long à te raconter. Si Michel t'appelle, qu'il entre en communication avec moi. Je suis dans ma voiture.

— Bien, tiens-moi au courant.

Candy raccrocha. Elle décida de s'éloigner de la maison de Jonas. Les policiers, qui avaient intercepté son automobile, avaient sans doute relevé son numéro de plaque et on pouvait la rechercher pour lui poser quelques questions. Apercevant un terrain de stationnement, elle y entra aussitôt. C'était sûrement le meilleur endroit pour cacher sa voiture.

— Je reste à l'intérieur, dit-elle. J'attends quelqu'un.

— Comme vous voudrez, répondit le préposé en s'éloignant.

Ouvrant son appareil émetteur, elle tenta d'entrer en communication avec la voiture de Michel mais ne reçut aucune réponse. « Où peut-il être ? L'avocat était avec lui, c'est donc dire que leur entrevue avec le prisonnier était terminée. Ils sont donc plus à la prison. »

Jamais elle ne s'était sentie aussi impuissante. « Michel, je t'en prie, communique avec moi. Il faut faire quelque chose. «Elle ne songeait même pas au walkie-talkie qu'elle lui avait recommandé de ne pas quitter.

*<br>* *

Michel raccrocha brusquement et, d'un air décidé, se tourna du côté de l'avocat.

— Tu vas rappeler immédiatement ton prisonnier. Je commence à en avoir plein le casque de cette affaire, moi. Ton bonhomme va parler, sacrament, sinon je vais l'étrangler comme un poulet.

Girard tenta de calmer son ami.

— Dis-moi ce qui se passe!

— Mais je le sais pas plus que toi, torrieu! Le boss est en danger, c'est ce que m'a dit Candy. Il s'est rendu à l'appartement de Jonas, mais j'ignore ce qui s'est passé. Demande qu'on fasse revenir ton client tout de suite.

— Michel, tu perds la tête. Tu ignores exactement ce qui s'est passé. Si on peut te rejoindre ici, on va sûrement te rappeler. Nous n'avons qu'à attendre patiemment.

Le grand Beaulac arpentait la pièce d'un pas nerveux.

— Patiemment, patiemment, c'est facile à dire.

Girard avait décroché le téléphone.

— Ici l'avocat Bertrand Girard, dit-il au standardiste. Nous sommes dans le bureau du troisième. Monsieur Beaulac recevra sans doute un nouvel appel. Communiquez-le-nous immédiatement.

— Compris, maître.

Trente minutes s'écoulèrent et personne ne rappelait. Michel fumait comme une locomotive.

— Maudit, qu'est-ce qu'elle fait? Pourquoi que Candy nous rappelle pas? Elle sait pourtant que je suis ici.

N'en pouvant plus, il décrocha le récepteur.

— Qu'est-ce que tu fais? demanda Girard.

— J'appelle au bureau. On a toujours l'habitude de se rapporter. Voyons, sacrament, pas moyen d'avoir une ligne extérieure ici.

Et il frappait sur l'appareil avec un mouvement d'impatience.

— Tu n'as qu'à composer le 9. Ensuite, tu pourras appeler.

Enfin, Michel entendit la voix de Rita.

— Agence de détectives privés « le Manchot ».

— C'est Michel. Veux-tu me dire ce qui se passe? Où est Candy? Qu'est-ce qu'elle fait?

— Elle vient d'appeler, il y a à peine deux ou trois minutes. Tu peux la rejoindre dans son automobile.

Michel raccrocha pour composer aussitôt le numéro de la voiture de Candy.

Lorsque enfin il put parler avec sa collaboratrice, il lui demanda de lui raconter en détail ce qui s'était passé.

— J'en sais pas beaucoup plus que toi. J'ai participé à une course folle dans les rues, j'ai failli me tuer à plusieurs reprises, des policiers idiots ont voulu m'arrêter, et je crois que Robert a été enlevé. En tout cas, on l'a sûrement blessé et il est disparu. À part ça, rien de spécial.

— Arrête de me niaiser, je veux un rapport complet. Vas-y, je t'écoute.

Pendant que Candy lui racontait ce qui s'était passé, le jeune détective privé prenait des notes.

— Comme ça, la police officielle sait qui tu es ; elle sait que le Manchot est disparu et que nous enquêtons sur la mort de madame Jonas.

— Non, j'ai pas parlé de Jonas ni de son épouse. Mais je suis persuadée que la police doit me rechercher partout pour me poser des questions. En tout cas, une chose est certaine : la voiture que je poursuivais et que j'aurais pu rattraper est disparue et on est sans nouvelles du patron.

Le grand Beaulac tirait rapidement ses conclusions. « Le boss se rend chez Jonas. Il s'est probablement introduit par effraction. Quelqu'un qui s'y trouvait déjà l'a blessé. Puis on l'a sans doute emmené. Mais qui se trouvait chez Jonas ? Qu'est-ce qu'il y a dans cette maison pour que les criminels s'y intéressent ? »

— Où te trouves-tu présentement ? demanda-t-il à Candy.

— Dans ma voiture.

— Je le sais, idiote. Je veux savoir dans quel quartier de la ville.

— Pas loin de chez Jonas. J'ai mis ma voiture dans un terrain de stationnement. De cette façon, si la police me recherche...

— Eh bien, bouge pas de là et attends de mes nouvelles. Je te rappelle.

Beaulac raccrocha et se tourna du côté du jeune avocat.

— Ça va mal ! Les affaires se compliquent drôlement. Veut veut pas, il va falloir que Jonas sorte de sa baleine et s'ouvre la trappe. Il y a rien que lui pour éclaircir ce mystère... à moins que...

Et une nouvelle idée germait dans le cerveau du jeune policier.

— Seulement, ça prendrait un certain temps avant de mettre ce projet à exécution. Il nous faudrait l'aide de la justice et de la police. Et ça, j'y tiens pas du tout, pas pour le moment. Mais, si c'est le seul moyen...

*
*  *

L'automobile venait de s'arrêter de nouveau. Le Manchot, même si son mal de tête persistait, avait complètement repris ses esprits.

Les portières claquèrent. Cette fois, ses ravisseurs semblaient être arrivés à destination. La porte arrière de la voiture s'ouvrit. On se préparait à le transporter, mais Dumont déclara :

— Je suis réveillé. Si vous voulez me détacher les jambes, je peux marcher.

Il avait pu se soulever, en même temps qu'il parlait.

— Bouge pas, fit un des hommes.

Il parla à voix basse avec son complice, puis les deux hommes semblèrent prendre une décision.

— O.K., tu vas marcher. Mais essaie pas de faire ton smatte.

Mais avant de lui enlever les liens qui entravaient ses chevilles, on lui mit un bandeau sale sur les yeux.

— Maintenant, debout.

Quand il fut sur pieds, le Manchot se rendit compte qu'il n'était pas complètement remis et les hommes durent le soutenir.

— Ça va aller, fit-il au bout d'un moment.

Et les deux mains attachées derrière le dos, les yeux bandés, il avança, poussé par les deux hommes. On ouvrit une porte.

— Monte, y'a des marches.

— C'est pas facile, les yeux bandés. Si vous

pouviez me détacher les mains, au moins, je pourrais me tenir à la rampe. Vous avez peur de quoi? Que je vous assomme, moi, un manchot? Vous savez fort bien que j'ai une main qui ne peut pas me servir et je suis persuadé que vous avez dû me désarmer.

— Inquiète-toi pas, p'tit frére, on t'a fouillé des pieds à la tête.

— T'as pu rien dans tes poches, fit l'autre en lui coupant les liens qui retenaient ses deux poignets.

Cette fois, s'aidant de sa main droite posée sur la rampe, le Manchot monta l'escalier. Il comptait les marches. Il était parvenu au chiffre vingt-huit lorsqu'on lui ordonna de s'arrêter. « Nous devons être rendus au deuxième ; songea Robert Dumont.

Une porte s'ouvrit et, cette fois, le Manchot sentit un tapis sous ses pieds. Il devait être dans un corridor. Il compta lentement ses pas jusqu'à ce que le groupe s'arrête à nouveau.

On le poussa à l'intérieur d'une pièce et, quelques instants plus tard, on lui enlevait son bandeau.

Après s'être habitué à la lumière du jour, Dumont regarda les deux hommes qui se trouvaient en sa compagnie. Il ne connaissait pas ces deux types d'un certain âge, assez bien vêtus.

— Qu'est-ce qu'on en fait?

— Enferme-le dans la toilette d'en avant. La porte ferme à clef.

Et, se tournant du côté du Manchot, celui qui venait de parler ajouta :

— Tu peux crier si ça te le dit. Personne va t'entendre parce qu'ici, tous les murs sont à l'épreuve du bruit.

Cependant, le complice de celui qui semblait donner les ordres demanda :

— Tu crois pas qu'on devrait l'interroger ?

— C'est pas à nous de prendre les initiatives, petite tête. Les boss s'en occuperont. Possible qu'ils aiment pas ça, mais on pouvait pas faire autrement. Ce baveux-là nous aurait capturés !

Le Manchot fut poussé dans la petite salle de toilette, la porte se referma et il entendit tourner la clef dans la serrure. Tout de suite, Dumont alla coller son oreille contre le battant de la porte. Il distinguait des bruits de voix, mais ne pouvait exactement saisir ce qui se disait.

Le détective examina rapidement la pièce. Il y avait un mince espace sous la porte. Quant à cette salle de toilette, elle ne devait jamais servir. Les armoires, tout comme la pharmacie, étaient complètement vides. Il n'y avait aucune serviette près du lavabo et pas de papier hygiénique.

Le Manchot, sans bruit, baissa le siège et le couvercle de la toilette et s'assit. Rapidement, il délaça son soulier droit, l'enleva et, avec ses doigts, il fit pivoter le talon. C'était un talon complètement creux, dans lequel était dissimulée une petite boîte de forme rectangulaire et qui ressemblait à un appareil de radio miniature.

Robert Dumont sortit le petit appareil, le plaça sur une tablette près du lavabo et remit son soulier. Puis, il s'adonna à un curieux manège, étonnant pour toute personne qui aurait pu l'observer.

Il enleva son veston, puis souleva la manche gauche de sa chemise, découvrant ainsi sa prothèse. Quelques instants plus tard, le détective avait enlevé cet avant-bras artificiel. Il serra le membre entre ses deux jambes et glissa sa main à l'intérieur, le long de la membrane de matière plastique qui servait de peau. Il en retira une sorte d'étui dans lequel étaient rangés de nombreux petits instruments. Enfin, le Manchot prit la batterie qui alimentait sa prothèse. Il remit ensuite son bras en place. Sa main, n'étant plus reliée à la batterie, ne pouvait plus du tout servir.

Le Manchot baissa la manche de sa chemise, puis remit son veston. Ensuite, s'emparant de la petite trousse à outils et de la batterie, il installa le tout sur la tablette, près du lavabo.

Il lui fallait travailler lentement, utilisant seulement sa main droite. De l'étui, il tira un tube qui ressemblait beaucoup à un crayon.

Puis, il sortit un fil en laiton bien enroulé et, enfin, un autre fil dont les deux bouts étaient munis, l'un d'une pointe fine et l'autre d'une sorte de boule.

Le Manchot fixa un fil sur sa batterie, puis un autre fut relié à l'appareil qui ressemblait à un appareil de radio, mais qui en réalité était un amplificateur à transistors.

Le détective coupa un bout de fil puis l'installa à une vis du petit tube et en déroula le plus possible. Enfin, le second bout alla lui aussi aboutir à l'amplificateur.

Il lui restait l'autre fil muni d'une pointe et d'une petite boule. Le Manchot enfonça la pointe dans une ouverture pratiquée dans l'amplificateur. Enfin, il relia un second fil à sa batterie.

— Maintenant, ça devrait fonctionner.

Il se mit à genoux et glissa le tube, dans le coin, sous la porte. Dumont, ensuite, tourna les boutons de l'amplificateur et, enfin, porta à son oreille la petite boule. Il écouta attentivement.

— Ça ne devrait pas être long, entendit-il clairement dans l'écouteur. Il a dit qu'il partait immédiatement.

Le Manchot esquissa un large sourire. Tout fonctionnait à merveille. Dans l'autre pièce, lorsqu'arriverait le patron de ces deux hommes, il y aurait certes une explication et lui, grâce à ce micro, à cet amplificateur à transistors et à la batterie de sa prothèse, il pourrait capter toute leur conversation.

Chapitre VII

# DES BÂTONS
# DANS LES ROUES

Bertrand Girard connaissait bien le caractère de Michel Beaulac. Même en vieillissant, le grand jeune homme n'avait guère changé. Il aimait blaguer et s'amuser aux dépens des autres. Aussi, au collège, quand on se moquait de lui à cause de sa grandeur et surtout de sa maigreur, quand on l'appelait le « poteau de téléphone » ou encore le « pic », nom qui lui était longtemps resté, Michel acceptait ces quolibets. Mais tous ses amis savaient qu'il ne fallait cependant pas exagérer. Beaulac était patient, soit, mais quand il commençait à montrer des signes de nervosité, il fallait être très prudent. Il pouvait s'emporter et, alors, sa colère éclatait comme un coup de tonnerre. Doué d'une force physique exceptionnelle, Michel avait déjà servi des corrections mémorables. C'est en se souvenant de cela que, depuis quelques instants, Girard observait son ami.

Les deux hommes avaient demandé à revoir Onil Jonas. Sitôt qu'il fut seul avec l'avocat et le détective, le petit homme manifesta sa mauvaise humeur.

— Qu'est-ce que c'est que cette habitude de me déranger à tout instant ? Je ne suis pas un prisonnier ordinaire, moi ; je n'ai pas encore été condamné, moi. J'ai droit à mes heures de repos, à mes heures de lecture. Je vous ai dit tout ce que je savais. Vous avez fini de m'importuner, non ?

— Sacrament ! Toi, son avocat, tu te dévoues corps et âme pour le sauver et tu l'importunes...

Michel haussa la voix :

— Écoute, espèce de petit morpion ! lança-t-il d'une voix tranchante.

Onil Jonas passa du rouge au vert.

— Je ne permettrai pas que vous m'insultiez...

Girard intervint rapidement.

— Excusez-le, monsieur Jonas. Il a perdu patience. Vous savez fort bien qu'il ne veut que vous aider. Si nous avons tenu à vous revoir, c'est que de nouveaux événements sont survenus. Le Manchot, vous vous souvenez, je vous en ai parlé...

— Oui et je vous ai laissé libre de l'engager ou pas. Moi, je ne veux pas que ça me coûte plus cher.

— Ça ne vous coûtera rien de plus. Le Manchot a commencé son enquête. Il est allé visiter votre appartement.

Le petit homme bondit sur ses pieds.

— Quoi ? Mais de quel droit ? A-t-il obtenu un mandat de perquisition ? Mais c'est incroyable, on viole toutes les lois et vous ne vous objectez même pas. Quelle sorte d'avocat êtes-vous ?

Michel avait grogné quelque chose, mais ni Girard, ni Jonas n'avaient compris un mot.

— Robert Dumont a voulu visiter votre logis, voir l'endroit où vous aviez déposé votre fameux cadeau. Jeter un coup d'œil dans votre garage. Quelqu'un a pu emprunter votre voiture, le soir où vous dites être allé au cinéma et avoir couché dans une maison de chambres. Si nous voulons vous défendre, il faut bien commencer l'enquête quelque part.

Onil semblait s'être un peu calmé. Aussi l'avocat en profita-t-il pour poursuivre :

— Malheureusement, Dumont n'a pas été le seul à vouloir visiter votre logis.

— Mais qui...

— Quelqu'un s'y trouvait déjà. Quelqu'un qui a frappé le Manchot et l'a fait prisonnier. Nous n'en savons pas plus long pour l'instant et...

Jonas s'était mis à rire nerveusement.

— C'est une blague, n'est-ce pas ? Vous tentez de me faire marcher. Me prenez-vous pour un idiot ?

— Non, Jonas, ce n'est pas une blague. Des criminels se sont introduits chez vous. Ils avaient sûrement une bonne raison. Ils devaient y chercher quelque chose. Mais quoi ? Vous seul connaissez la réponse à cette question, répliqua énergiquement l'avocat.

— Je ne sais rien, absolument rien, s'écria le petit homme. Je vous ai tout dit, je veux retourner dans ma cellule.

Il voulut se diriger vers la porte, mais déjà Michel l'avait saisi par le bras.

— Reste avec nous, bonhomme.

— Lâchez-moi, vous me faites mal. Garde, je veux sortir d'ici.

Michel avait les dents serrées et son regard était fixe. Ses mains tremblaient légèrement. Girard devina tout de suite qu'un malheur pouvait arriver. Le grand Beaulac allait perdre patience et, dans un tel cas, il pouvait fort bien commettre une bêtise.

Rapidement, l'avocat frappa dans la porte. Surpris, Michel se retourna.

— Qu'est-ce que tu fais?

— J'appelle le garde. On perd notre temps avec lui.

— Tu crois?

Michel avait saisi Onil Jonas par le collet de sa chemise. Il le souleva de terre comme s'il s'était agi d'un simple poulet. Il le secoua, comme un hochet.

— Mon sacrament, tu vas répondre aux questions, toi!

Beaulac ferma le poing de sa main droite. Il allait sûrement aplatir la physionomie d'Onil Jonas. Mais, juste à ce moment, la porte s'ouvrit et un garde parut.

— C'est terminé, l'entretien?

Jonas, fou de peur, se jeta littéralement dans les bras du garde.

— Je vous en prie, sauvez-moi. C'est un maniaque! Arrêtez cet homme, il veut me tuer, il est fou; vous entendez, il est fou.

Girard lança un clin d'œil au garde.

— Mon ami l'a quelque peu secoué. Je n'ai jamais vu un client aussi bizarre. Il sait des choses qu'il ne veut pas dire.

— Je le ramène à sa cellule? demanda le garde.

— Oui, ramenez-moi, cria Onil. Quant à vous, maître, je ne veux plus vous voir, vous entendez? Je ne veux plus vous voir, jamais. Vous n'êtes plus mon avocat!...

Sa voix se perdit dans le corridor pendant que le garde l'entraînait.

— Tant pis pour lui, murmura Michel en s'épongeant le front. Maintenant, on va prendre les grands moyens.

— Que veux-tu dire?

— Jonas fait tout pour te nuire. On dirait qu'il veut pas que tu le défendes. En plus, il a une peur bleue de reprendre sa liberté. Il a même pas voulu que tu demandes un cautionnement, pas vrai?

— C'est exact.

— Eh bien, pour pouvoir éclaircir cette affaire, je vois seulement un moyen: il faut remettre Jonas en liberté.

Tout de suite, l'avocat s'objecta.

— Mais c'est impossible, Michel.

— Pour moi, le mot *impossible*, ça n'existe pas. Si la police, si la Couronne dit au juge qu'il y a des faits nouveaux, qu'on croit plus Jonas coupable, ou du moins qu'on en est moins certain et que toi, en même temps, tu demandes un cautionnement en faveur de ton client, est-ce qu'on va te le refuser?

Girard dut donner des explications à Beaulac.

— Il faut suivre certaines procédures. Tout d'abord, la date du procès a été fixée. On ne peut plus revenir en arrière. Veut, veut pas, il y aura procès. Si la Couronne déclare qu'elle n'a pas de preuves, le procès ne durera que quelques minutes et Jonas sera remis en liberté. Mais tout ça n'aura lieu qu'à la date du procès.

— D'accord, d'accord, mais si les autorités disent qu'il leur faut des preuves, si les policiers font comprendre au juge que ces preuves, ils les obtiendront seulement si Jonas recouvre sa liberté et que, si toi tu es d'accord avec les policiers...

— Le juge prendra la demande en considération. Oui, il pourra peut-être accorder un cautionnement. Mais tout ça va prendre des heures, Michel, peut-être des jours. Tu oublies que monsieur Dumont est prisonnier, que sa vie est en danger.

— Mais non, je l'oublie pas, s'exclama Michel. Mais on a pas la moindre piste, on sait pas où se trouve le Manchot. Je te le répète, y a rien qu'un moyen de connaître enfin la vérité dans cette histoire... il faut que Jonas recouvre sa liberté et...

Soudain, le grand Beaulac parut avoir une idée lumineuse.

— Et si notre petit bonhomme s'évadait?

— Tu rêves en couleur. Tu te crois au cinéma? Premièrement, jamais Onil Jonas n'acceptera de collaborer avec nous. Tu penses que les autorités vont se prêter à un tel jeu?

— Mais, torrieu, il doit tout de même y avoir

un moyen. Si les policiers disent carrément que Jonas est innocent, on va pas le garder prisonnier et attendre son procès ?

— Non, évidemment, mais jamais les autorités n'accepteront ça.

Michel réfléchit.

— Si seulement on avait pas affaire à l'inspecteur Bernier, tout serait possible. Mais c'est jamais facile de faire entendre raison à une tête de cochon. Tu connais l'inspecteur, toi ?

— J'en ai entendu parler. C'est un dur.

— Et comment ! Il a aucune faiblesse. Aucune ! Il veut tout diriger à sa façon, il reçoit d'ordres de personne, c'est un orgueilleux qui...

— Orgueilleux et intelligent, murmura l'avocat. Tout n'est peut-être pas perdu, Michel.

Un rayon d'espoir venait d'éclairer les yeux de l'avocat.

— Qu'est-ce que tu veux dire ?

— Des policiers doutent de la culpabilité de Jonas ; ça, je le sais de bonne source. Bernier est peut-être l'homme le plus intelligent de son escouade. Il ne voudrait surtout pas que ses hommes se couvrent de ridicule. Si nous réussissons à convaincre l'inspecteur qu'il peut se couvrir de gloire...

— Comment ça ?

— Tu vois ça dans les journaux, toi ? « L'inspecteur Bernier sauve le Manchot. » « L'inspecteur Bernier éclaircit le mystère de la femme à la tête tranchée. » Si nous décidons de l'aider, mais de lui laisser tout le bénéfice de l'enquête, Bernier, qui a probablement des doutes, peut aussi bien marcher avec nous.

Le grand Beaulac était loin d'être convaincu.

— Allons le trouver immédiatement, décida l'avocat.

— Oh non, pas moi, fit Michel, il me déteste. Il a pris un malin plaisir à me faire perde mon emploi alors que j'étais simple policier. Tu devras y aller seul, mon vieux.

L'avocat était déçu.

— À moins que... fit pensivement Michel.

Girard se retourna rapidement du côté de son ami.

— À moins que quoi? Tu as une idée?

— Peut-être. Bernier a bien une faiblesse, j'aurais dû y penser plus tôt. C'est un vieux garçon, aucune femme aurait pu l'endurer comme mari. Il se croit trop intelligent, trop supérieur. Mais c'est un être normal, un homme qui a besoin de sexe, comme les autres. Bernier se sert souvent de son poste pour obtenir la faveur de filles qui lui plaisent. Si une femme sait flatter son orgueil et autre chose, elle peut le faire tomber.

Et Michel songeait à l'aguichante Candy. Il se souvenait que Bernier, bien souvent, l'avait dévorée des yeux. Mais la collaboratrice du

Manchot n'avait pas daigné jeter un regard sur l'inspecteur.

— Si Candy le veut, elle peut réussir.

— Tu crois qu'elle acceptera de m'accompagner chez l'inspecteur ?

— Elle adore les défis. Je vais l'appeler immédiatement, lui dire d'abandonner sa voiture, de nous rejoindre à la centrale de police et de nous attendre là. Elle déteste Bernier, mais elle a jamais eu de prise de bec avec lui.

Michel, cependant, savait fort bien que ce ne serait pas facile. Bernier détestait tellement le Manchot qu'il pouvait fort bien faire tout son possible pour lui mettre des bâtons dans les roues, malgré le plan de Michel.

*
* *

— Que me veut cet avocat ? demanda rudement Bernier. Bertrand Girard ! Je n'ai pas de temps à perdre.

— C'est le défenseur d'Onil Jonas. L'affaire de la femme à la tête coupée.

— Je sais, je sais, j'ai tout le dossier devant moi.

Puis, prenant une décision, Bernier ordonna :

— Faites-le entrer.

— Bien, inspecteur.

Quelques secondes plus tard, la porte du

bureau s'ouvrait et Candy faisait son apparition.

— Bonjour, inspecteur.

— Vous ! Mais comment se fait-il que...

En se déhanchant comme elle seule savait le faire, l'aguichante blonde s'approcha du bureau de Bernier et se pencha en avant pour lui dire :

— J'accompagne maître Girard.

Mais l'inspecteur ne regardait pas du tout le jeune avocat qui venait à son tour d'entrer dans le bureau. Il ne pouvait faire autrement que d'être attiré par le décolleté affolant de Candy, où le regard de l'inspecteur exécutait une plongée vertigineuse.

— Je suis heureux de faire votre connaissance, inspecteur.

Bernier sortit brusquement de sa rêverie.

— Je n'ai que très peu de temps à vous accorder, maître. Je suis débordé de travail. Que désirez-vous ?

Mais ce fut Candy qui prit la parole.

— Maître Girard est un ami de Michel Beaulac. Vous vous souvenez de lui ?

Le visage de l'inspecteur se referma brusquement, comme un masque de bois.

— Oh oui, je le connais bien. Lui et le Manchot font une belle paire. Je me demande ce que vous faites dans cette écurie.

Candy ne broncha pas. Elle se devait de

107

garder son calme et de l'emporter sur l'inspecteur. Ce n'était pas en répondant du tac au tac à ses insultes qu'elle pourrait y parvenir. Lentement, avant même d'y être invitée, elle s'assit en face du bureau de Bernier, croisa lentement la jambe, prenant bien soin de découvrir sa cuisse le plus possible. Mais, déjà, le charme semblait rompu et l'inspecteur y jeta à peine un coup d'œil.

— Ce monsieur Jonas, le client de maître Girard, est un homme plutôt bizarre, poursuivit la belle fille. On dirait même qu'il refuse de se défendre. Maître Girard est persuadé que Jonas est innocent du meurtre dont on l'accuse ; mais pour le prouver, il semble y avoir un seul moyen : découvrir le véritable assassin. Pour y parvenir, il s'est adressé à Michel, qui a demandé l'aide du Manchot. Mais, malheureusement, Jonas refuse de dépenser un sou de plus pour sa défense.

Bernier l'interrompit.

— J'agirais de la même façon que lui si on m'offrait l'aide de Dumont.

— Michel a étudié l'affaire, reprit Candy. J'y ai travaillé également. Pour nous, Jonas est innocent, mais jamais on n'arrivera à le prouver s'il demeure enfermé dans sa cellule. Je sais, inspecteur, que vous laissez jamais une affaire au hasard. Vous avez des défauts, je l'admets, et je sais que plusieurs vous aiment pas... Parce que vous vous acharnez à découvrir la vérité si, par hasard, vous croyez qu'un de vos adjoints a pu se tromper. J'ai dit à maître Girard : « S'il y a un homme dans la police qui peut poursuivre une enquête, même si elle semble terminée, c'est bien l'inspecteur Bernier. » Vous avez les qualités de vos défauts. Vous êtes épris de justice, jamais vous laisseriez condamner quelqu'un si vous avez le moindre doute dans votre esprit. Est-ce que je me trompe ?

Candy n'était pas rendue au bout de ses surprises. Voir sourire Bernier, c'était déjà quelque chose d'exceptionnel. L'entendre rire, c'était presque le monde renversé : ça n'augurait rien de bon.

Maître Girard regardait sa compagne, ne sachant trop que penser. L'inspecteur semblait incapable de maîtriser ce rire intempestif. Enfin, il se leva puis, se calmant, il vint se placer en face de l'avocat.

— Vous savez pour quelles raisons vous avez été choisi pour défendre Onil Jonas ? Tout simplement parce que vous êtes un criminaliste inexpérimenté. Excusez l'expression, mais vous êtes un enfant d'école, Girard. Je vais même vous avouer une chose, c'est moi qui vous ai recommandé à Jonas.

L'avocat semblait sceptique. Évidemment, selon sa bonne habitude, Bernier se moquait de lui, cherchait à le rabaisser.

— Vous ne me croyez sans doute pas? fit-il en retournant vers son bureau. Tenez, voici le dossier d'Onil Jonas. Je suis persuadé qu'il est deux fois plus volumineux que le vôtre.

Et il avait bien raison.

— Vous vous imaginez sans doute que j'ai cru, un seul instant, en la culpabilité de Jonas? C'est mal me connaître. J'ai étudié le comportement du bonhomme, mes hommes ont suivi mes directives à la lettre avant de procéder à son arrestation. Il fallait le mettre à l'abri, il fallait le protéger. Oh! Vous allez dire que ce n'est pas tout à fait honnête, faire accuser un homme de meurtre quand je le sais innocent? Si c'est le seul moyen de le protéger, je n'hésite jamais à le faire. Les preuves circonstancielles étaient suffisantes. Je savais fort bien que, pris de peur, Jonas ne demanderait pas de cautionnement et que vous, maître, avec votre inexpérience, vous n'y verriez que du feu. Je vois que j'ai réussi sur toute la ligne.

Candy en avait assez. Elle avait su se maîtriser, mais son caractère soupe au lait refaisait surface.

— Inspecteur, vous vous moquez de nous... Ou si vous dites la vérité, vous outrepassez vos droits, vous abusez odieusement de la loi.

— Temporairement, belle enfant.

Il avait un ton moqueur, cynique, cinglant comme une gifle. Il se rassit sur sa chaise

110

pivotante, se pencha en arrière et lança un regard dominateur sur le couple.

— Temporairement, répéta-t-il. Il y a long-temps que vous êtes passé à votre bureau, maître ?

Et, ne daignant pas attendre la réponse de l'avocat, il poursuivit :

— On a dû vous appeler pour vous apprendre que la justice laissait tomber les procédures contre Onil Jonas et qu'au moment où je vous parle, on doit s'apprêter à le remettre en liberté.

Candy et l'avocat demeurèrent bouche bée, complètement incapables de prononcer une parole. Ils s'étaient attendus à ce que l'inspec-teur Bernier leur mette des bâtons dans les roues ; mais de là à les devancer dans leurs démarches, à prévoir leurs demandes et, surtout, à faire libérer le prisonnier, il y avait toute une marge.

# Chapitre VIII

# TRAFICANT DE DROGUE

L'inspecteur Bernier était de bonne humeur. Il triomphait sur toute la ligne. Il imposait sa loi, il pouvait se moquer à loisir de ceux qui recherchaient son aide.

— Candy... c'est comme ça qu'on vous appelle, n'est-ce pas?

L'assistante du Manchot fit un signe affirmatif.

— Vous m'avez bien fait rire, tantôt. Qu'essayiez-vous de faire, au juste? de me charmer? Vous auriez pu réussir. J'ai toujours adoré les jolies femmes. Vous savez où se trouve votre camarade Beaulac ?

— Nous pouvons le rejoindre.

À nouveau, il esquissa un sourire moqueur.

— Je sais qu'il vous accompagnait à la prison, un peu plus tôt. Comme vous pouvez le constater, maître, je suis fort bien renseigné... et je veux me montrer bon prince. Profitez-en, mademoiselle Candy, mes hommes vous diront que ce n'est pas tous les jours que je suis d'aussi excellente humeur.

— Oh, j'ai pas besoin de m'informer auprès de vos hommes, soupira Candy, je m'en suis rendu compte.

— Rejoignez votre ami Beaulac, ordonna Bernier et je vous invite tous au restaurant.

Si Candy n'avait pas été assise, elle se serait sûrement écroulée. L'attitude de Bernier, selon elle, devait cacher quelque chose de pas catholique. « Va falloir s'en méfier plus que jamais », pensa-t-elle.

— Nous pourrons discuter tout en mangeant, poursuivit l'inspecteur. Je vous dirai tout ce que je sais au sujet d'Onil Jonas, de sa femme, de ses amis, de ses ennemis. Vous comprendrez alors, maître, qu'il vaut beaucoup mieux s'adresser à la police officielle plutôt qu'à un détective amateur.

Et il appuya sur ce dernier mot comme pour

bien marquer son mépris. Cependant, cette phrase avait ramené Candy à la réalité.

— Mais on oublie Robert, s'écria-t-elle. Vous savez, inspecteur, qu'il est disparu, qu'il est peut-être en danger? Vous savez que des agents de la route ont nui à mon travail, qu'ils ont voulu m'arrêter?

Bernier changea brusquement d'attitude.

— Écoutez, je ne peux pas être au courant de tous vos démêlés avec la police. Si ça ne vous intéresse pas de connaître les faits en ce qui concerne...

— Sûrement que ça nous intéresse, s'écria l'avocat.

— Robert s'est rendu chez Jonas, insista Candy. Il y est entré...

— Par effraction? demanda brusquement Bernier.

Elle fit mine de ne pas avoir entendu la question.

— Il a été blessé, j'ai vu du sang sur le tapis. Une auto a pris la fuite et je l'ai poursuivie. Mais, grâce à vos policiers, ils ont pu m'échapper. Robert est disparu et sa voiture est toujours devant la maison de Jonas.

Appuyant sur chacun des mots, Bernier déclara:

— Sachez, mademoiselle, que je n'ai rien eu à voir avec la disparition de Robert Dumont. Si ce Manchot s'est mis les pieds dans les plats, tant pis pour lui. Vous avez perdu sa trace, vous ne savez par où commencer votre enquête. Je crois donc qu'il est d'importance primordiale que vous connaissiez tous les faits. C'est sans doute la seule façon de venir en aide à Dumont. Avant de se lancer tête première dans une aventure, il aurait dû s'informer aux autorités.

L'avocat put enfin prendre la parole.

— Vous m'avez dit qu'on allait remettre Jonas en liberté. Vous êtes persuadé, comme moi d'ailleurs, que ce petit homme cache quelque chose, qu'il a très peur, qu'il court peut-être un grand danger.

— C'est la vérité.

— Et si c'était vrai, s'il arrivait quelque chose à Jonas?

— Je ne suis pas né d'hier, maître, toutes les précautions sont prises. Lorsque Onil Jonas sortira de prison, mes hommes ne le perdront jamais de vue. Je ne souhaite qu'une chose, c'est qu'il perde les pédales et qu'il nous conduise aux coupables; car, présentement, nous tournons en rond, nous sommes dans un cercle vicieux et ne pouvons en sortir. Un corridor noir, qui semble sans issue. Seul Jonas pourra probablement nous conduire vers la sortie.

Il décrocha le téléphone et le tendit à Candy.

— Appelez votre ami Beaulac et dites-lui

116

qu'il est invité. C'est la première fois, et peut-être la dernière, qu'il aura l'occasion de manger en ma compagnie.

Candy appela Michel et lui donna rendez-vous au restaurant. Elle ne lui parla pas de Bernier. Beaulac détestait tellement l'inspecteur qu'il aurait pu refuser l'invitation. La jolie fille était quand même inquiète. Elle n'aimait pas du tout l'attitude de Bernier. Il se montrait gentil, amical, généreux, compréhensif, attentif... Non, ce n'était pas naturel. L'inspecteur cachait sûrement quelque chose.

*
*  *

Lorsque le grand Michel Beaulac entra dans le restaurant et qu'on lui désigna la table où se trouvaient Candy et ses amis, il s'arrêta brusquement, se frotta énergiquement les yeux afin de se rendre compte s'il était bien éveillé. « Torrieu ! je rêve pas. »

Bien installés à une table, causant comme des amis de longue date, se trouvaient Candy, l'avocat Girard et l'inspecteur Bernier qui, justement, se levait et lui faisait signe.

— Venez, Beaulac, nous vous attendions.

Michel allait de stupéfaction en stupéfaction. Bernier lui tendait la main.

— Comment allez-vous, Beaulac ?

Michel tourna la tête, sourit gauchement à Candy, évita la main de Bernier et s'assit, comme un automate.

— Vous prenez quelque chose? Nous allons manger, continua l'inspecteur. Un bon apéritif?

Voyant que le jeune détective semblait avoir été frappé de paralysie des cordes vocales, ce fut Candy qui répondit:

— Vous savez bien que Michel ne prend plus un verre... Et ça dure depuis plusieurs semaines, inspecteur.

— Félicitations, grogna Bernier. Alors, où en étions-nous?

Ce fut Girard qui ramena la conversation sur le tapis.

— Vous étiez sur le point de nous faire des révélations concernant Onil Jonas.

— Juste. Vous allez vous rendre compte que, contrairement à ce qu'on dit souvent, « ma police » n'est pas tout à fait inefficace. Ce petit homme, cet employé qui a l'air insignifiant, qui attire l'attention par son souci de la ponctualité, cachait un tout autre jeu.

L'inspecteur parlait lentement. Il aimait à triompher. Il adorait sentir son auditoire comme suspendu à chacune de ses syllabes.

— Onil Jonas est un passeur.

Candy regarda l'avocat. Ce dernier jeta un coup d'œil à Michel, mais le détective ne semblait pas encore sorti de son nuage.

— Qu'est-ce que vous voulez dire par passeur ? demanda Bertrand Girard.

— Allons donc, vous devez avoir compris. Onil Jonas vend de la drogue. Il travaille pour la pègre. C'est un « pusher ».

Michel avait sursauté. Cette dernière phrase de Bernier l'avait enfin éveillé.

— C'est bien beau de vous moquer de nous, inspecteur, mais faut pas nous prendre pour des valises.

— Je comprends que c'est difficile à croire, mais nous avons des preuves. Tous les mercredis soirs, monsieur Jonas se rend au théâtre, toujours au même cinéma. Il s'installe toujours au même endroit, dernière rangée, à droite. Il place son chapeau melon sur le siège, à sa gauche. Et c'est là que ses clients viennent le rencontrer. Maintenant, me croyez-vous ?

Personne n'eut le temps de répondre. La serveuse s'était approchée pour prendre les commandes.

— Pas pour moi, murmura Candy, vous m'avez coupé l'appétit complètement.

— Moi, c'est le contraire, fit Michel. C'est vous qui payez, inspecteur ?

Bernier, s'attendant au pire, esquissa un sourire forcé.

— Évidemment, puisque je vous ai invités.

— Je vais prendre une soupe gratinée aux oignons, mademoiselle, une salade du chef et un filet mignon, médium-saignant, avec champignons.

L'inspecteur grimaça.

— Es-tu bien certain d'avoir consulté le menu en entier, Beaulac? Il y a peut-être quelque chose de plus cher?

— J'ai pas fini, je commanderai mon dessert tout à l'heure.

Candy en voulait à son camarade. Il risquait d'indisposer Bernier, alors qu'il était si rare de voir l'inspecteur en d'aussi bonnes dispositions.

— Comment avez-vous découvert ça? demanda l'avocat, après avoir commandé une simple salade.

— Écoutez, je n'ai pas à vous raconter tous les menus détails de notre enquête. J'ai mis quatre détectives sur cette affaire, je les ai tous suivis de très près. Tout ce que je peux ajouter, c'est que ça n'a pas été facile de découvrir la vérité.

Michel, de nouveau, prit un ton narquois pour demander:

— Je suppose que vous savez également pour quelles raisons Jonas a tué sa femme, lui a scié la tête et a inventé cette histoire à dormir debout?

— Non, Beaulac, non. Nous ne sommes pas des devins. Tout d'abord, c'est ma conviction personnelle, Jonas n'a pas tué sa femme. L'histoire abracadabrante qu'il nous a contée est véridique. J'y crois depuis le début. Il aurait fallu être complètement dingue pour se construire un alibi aussi grotesque. Aussi, j'ai demandé à mes hommes de faire tout leur possible pour retracer le pharmacien qui est présentement en Europe. Ça ne s'est pas fait tout seul, mais enfin, il y a une couple d'heures, j'ai pu causer avec lui. Jonas a dit vrai. Ce soir-là, il s'est rendu chez son pharmacien, il lui a dit qu'il avait perdu un ami, qu'il ne pouvait fermer l'œil et lui a demandé un somnifère. Donc, si cette partie de son interrogatoire est véridique, pourquoi le reste ne le serait-il pas ?

Ce fut au tour de Candy de demander :

— Pourquoi avez-vous laissé accuser Jonas de meurtre, si vous pensiez tout ça ?

— Suivez bien mon raisonnement...

Et avec son amabilité coutumière, il ajouta :

— Si vous en êtes capables... Madame Jonas a été tuée, on lui a tranché la tête et on l'a fait parvenir à son mari. Toi, Beaulac, tu as des amis dans le milieu, tu connais les habitudes de la pègre ? Si on te fait parvenir la tête d'un ami, qu'est-ce que ça veut dire ?

Et n'attendant pas que Michel réponde à la question, Bernier poursuivit :

— C'est un avertissement... « Si tu ne fais pas ce qu'on te demande, si tu ne paies pas tes dettes, ou encore, si tu ne livres pas ton secret, voilà le sort qui t'est réservé. » Donc, on a prévenu Jonas, on l'a mis en garde. Ce petit homme cache quelque chose. Est-ce de l'argent qu'il doit au milieu? Est-ce une quantité de drogue importante qu'il refuse de remettre à ses «patrons»? On l'ignore. Alors, pour tenter de découvrir la vérité, il fallait écarter Jonas du chemin. La meilleure façon d'y parvenir, c'était de le mettre en état d'arrestation, de porter une accusation contre lui. Vous connaissez le reste. Les preuves circonstancielles étaient suffissantes, Jonas a été envoyé à son procès pour meurtre.

Michel s'écria:

— Meurtre que vous savez fort bien qu'il n'a pas commis.

— Exact. Aussi, comme nous n'avons rien découvert chez Jonas, comme nous avons terminé les interrogatoires de ses compagnons de travail, de ses amis, comme nous avons également cuisiné quelques clients de Jonas et n'avons rien obtenu de précis, j'ai pris la décision de le faire remettre en liberté.

— Parce que c'est moi qui ai eu cette idée, ricana Beaulac.

Mais Candy le corrigea:

— Non, Michel, tu fais erreur. Quand on est arrivés au bureau de l'inspecteur, il nous a appris que, déjà, toute accusation contre Jonas était retirée et qu'on allait le laisser libre.

Michel repoussa brusquement son assiette.

— Quoi? Jonas est libre et on est là, à manger tranquillement, sans nous en occuper?

L'inspecteur lui mit la main sur le bras.

— Allons, du calme, Beaulac. Vous n'avez pas changé, vous êtes un impulsif. Ça vous a déjà joué de mauvais tours. On surveille Jonas, on le suit pas à pas et on espère qu'il commettra une erreur, qu'il nous livrera son secret et, par le fait même, les assassins de sa femme. Allons, continuez à manger. J'ai des dossiers à vous montrer, des interrogatoires à vous lire. Tout ça va vous passionner. Et s'il se passe quelque chose du côté de Jonas, on me préviendra immédiatement.

Michel n'aimait pas ça, pas du tout. Cette gentillesse de Bernier n'était pas normale. En temps ordinaire, jamais il n'aurait partagé ses secrets avec eux. Pour quelle raison faisait-il ça? « Il sait peut-être le Manchot en danger. En nous retenant, il nous empêche de nous porter à son secours. Bernier déteste Dumont. » Mais au bout d'un moment, Michel songea : « Non, non, j'y crois pas. Bernier a beau être un salaud, il ferait pas ça. Mais alors, pourquoi agit-il de cette façon? »

*

\* \*

Une sonnerie, un bruit de pas, une porte qui s'ouvre et le Manchot prêta l'oreille. Il ne voulait pas perdre un mot de la conversation.

— Où c'est qu'il est?

— Enfermé dans la toilette, celle qui sert pas. Il peut pas nous entendre et c'est impossible de sortir de là.

Aussitôt, l'homme qui venait d'entrer demanda d'une voix dure:

— Qu'est-ce qui vous a pris de capturer le Manchot? Les boss seront pas contents. Ça ne peut rien que nous attirer des ennuis.

— Bout d'cierge! J'aurais bien voulu vous voir à notre place. Y nous a poignés sur le fait. Une chance que moi, j'étais pas dans la même pièce, autrement, ça aurait mal tourné. De toute façon, on est pris pour se faire engueuler.

Une troisième voix, une voix que le Manchot avait entendue dans la voiture, tenta de calmer les esprits.

— Fâche-toi pas, P'tite tête. Bennie sait pas ce qui s'est passé, lui.

— J'vais lui dire, reprit celui qui se faisait appeler P'tite tête. On commençait à peine à fouiller pour chercher le paquet, quand ce « pas-de-bras » est apparu. C'est pas plus compliqué que ça. Je l'ai frappé, puis après, on a pensé que c'était mieux de l'amener avec nous.

— On pouvait pas deviner qu'il y avait une autre voiture devant la porte et qu'on était pour se lancer à notre poursuite.

Et il raconta comment, grâce à l'aide de policiers, ils avaient pu échapper à la jolie Candy.

— On s'est rendu tout de suite au « car-wash ». On leur a dit de se débarrasser de l'auto et on est venu ici.

Bennie, sûrement un des chefs d'une organisation quelconque, demanda :

— Avez-vous posé des questions à votre invité ?

— Non. Moi, j'voulais, répondit P'tite tête mais Jack a dit que c'était mieux de vous avertir puis de vous attendre.

— Vous avez bien fait. Je me demande ce que ce Dumont est venu chercher chez Jonas. On ignorait qu'il s'occupait de cette affaire. Les chefs aiment pas ça du tout.

Jack répliqua :

— Parlons-en, des chefs ! Moi, j'ai toujours dit qu'on était mieux de laisser Jonas en liberté. De la drogue, ça se volatilise pas. Si Jonas a le paquet, il l'aurait sorti un jour ou l'autre.

Le Manchot en apprenait de belles. Jonas mêlé à une histoire de drogue. Pour une surprise, c'en était une vraie.

— À part ça, ça fait trois fois qu'on fouille chez lui fit brusquement P'tite tête. On est pas des caves. Si le paquet avait été là, ça fait longtemps qu'on l'aurait trouvé.

— Le Manchot semblait-il chercher quelque chose, lui aussi?

— J'sais pas. Faudrait y demander.

— J'vais le questionner. Puis, il fait mieux de parler...

Robert Dumont tira le minuscule micro à lui. Il arracha rapidement tous les fils, cacha le micro, l'amplificateur et les fils dans une armoire, puis, en vitesse, il releva sa manche pour remettre la batterie en place dans sa prothèse.

Il venait tout juste de rajuster la manche de son veston, lorsqu'il entendit une clef grincer dans la serrure. Il s'assit sur le siège de la toilette et, lorsque la porte s'ouvrit, il tourna la tête.

— Il est temps que vous me sortiez d'ici. On n'a pas d'air dans cette pièce-là et quand on a mal à la tête comme moi...

— Ta gueule! Cesse de te plaindre. On a des questions à te poser. Envoye, passe devant.

P'tite tête le poussa dans la pièce qui servait de salle à manger.

— Assis!

Celui qui s'appelait Bennie pouvait avoir trente-cinq ans. Il était grand, mince, et avait les cheveux frisés et très noirs, tout comme son épaisse moustache. Il vint se placer juste devant le Manchot.

— On sait qui tu es. Mets-toi dans la tête

qu'on veut pas te tuer. On te veut pas de mal et, si tu réponds à mes questions, on te laissera tranquille.

Jack se tenait tout près du Manchot.

— Et tu fais mieux de répondre, sans ça, t'auras affaire à moi.

Quant au troisième comparse, il était allé s'asseoir au fond de la pièce, dans un large fauteuil. Il étendit les jambes, puis tira ses deux souliers. Pendant ce temps, l'interrogatoire commençait.

— Qu'est-ce qui t'a amené à t'occuper de l'affaire Jonas? C'est pour lui que tu travailles?

Robert Dumont réfléchissait rapidement. Il lui fallait sortir de ce mauvais pas et, si possible, tendre un piège à ces hommes.

— Un détective privé ne révèle jamais les noms de ses clients. Tout ce que je peux vous dire, c'est que je me fous passablement du sort qui sera réservé à Jonas, ce n'est pas lui particulièrement qui intéresse mon client.

— Alors, qu'est-ce que c'est?

Le Manchot ne répondit pas.

— Pour quelle raison que tu t'es introduit chez Jonas?

Le même silence, lourd et inquiétant, s'abattit dans la pièce. Jack, brusquement, saisit le Manchot par le bras droit.

— T'aimerais ça que je te brise l'autre bras? T'aurais l'air intelligent!

Il lui tordait le bras et la douleur se répandit rapidement jusqu'à l'épaule.

— Tu fais mieux de parler, dit Bennie. Je connais bien Jack, il a pas de patience.

— Surtout qu'il connaît pas sa force, lança P'tite tête, à l'autre bout de la pièce.

Le Manchot grimaça de douleur.

— Disons que je cherchais quelque chose.

— Quoi?

— Une information.

— T'as trouvé? demanda Jack, en appuyant sur le bras du Manchot.

Bennie fit signe à son complice de se taire.

— C'est moi qui pose les questions. Quel genre d'information que tu cherchais? On sait que t'as rien trouvé, t'as pas eu le temps.

Dumont observa à nouveau la consigne du silence. Quelques secondes plus tard, il crut que Jack allait lui briser l'épaule.

— Vous pouvez me tuer si vous le voulez, je ne dirai rien.

— Tu cherches un paquet. C'est ça qui t'intéresse, fit Bennie. C'est pas la vie de Jonas que tu veux sauver. Si tu trouves le paquet, celui qui t'a engagé te donnera une part du gâteau. On vous connaît, les privés, vous travaillez pour celui qui paye le plus, que ce soit honnête ou pas.

Jack approuva son supérieur.

— On sait que t'as déjà fait des pactes avec

dés gars du milieu... Bartino, par exemple. C'est lui qui t'a engagé ?

Le Manchot, s'efforçant d'oublier sa douleur, murmura :

— Si je parle, je signe par le fait même mon arrêt de mort.

— Et si tu parles pas, c'est la même chose, lança P'tite tête.

Bennie se retourna brusquement.

— Toi, ta gueule ! Et puis, remets tes souliers, imbécile. Je me demandais ce qui empestait la pièce.

— Ces maudits souliers neufs sont trop petits pour moi. J'aime autant marcher nu-pieds.

Le Manchot ne pouvait faire autrement que de se remémorer la scène de la veille, alors que lui et Candy avaient dû se déchausser avant d'entrer dans l'appartement de Michel. Et, brusquement, une idée lui traversa l'esprit. Il regarda Bennie dans les yeux, puis :

— Combien payez-vous ?

— Quoi ?

— Si je vous aide à trouver le paquet.

Jack éclata de rire :

— On est pas des poissons pour mordre aussi facilement.

— Ferme-la, fit brusquement Bennie. Si ton renseignement apporte des résultats, on paiera plus que ceux qui t'ont engagé. Ça, tu peux en être sûr.

— Ouais... une balle dans la tête, c'est un bon prix, murmura Jack.

Le Manchot tourna la tête vers celui qui lui tenait le bras, puis regarda Bennie.

— Tout d'abord, qu'il me lâche.

— T'as compris? Laisse-le.

Jack n'était pas d'accord.

— J'ai l'impression qu'il est en train de t'embarquer...

— Je t'ai pas demandé ton avis. Parle, Manchot.

Dumont se balançait le bras droit comme pour en chasser la douleur.

— Vous saviez que Jonas fréquentait des Japonais?

— Qu'est-ce qu'il va chercher là? demanda P'tite tête.

— Du moins, poursuivit le Manchot, il avait une amie, une Japonaise. Elle a cherché à lui rendre visite à la prison. Ça, vous ne le saviez pas? C'est justement pour en apprendre plus sur cette fille que je me suis rendu chez Jonas.

Très intéressé, Bennie demanda:

— Qui est cette fille?

— Une seconde, fit le Manchot. J'suis bien prêt à travailler pour vous autres, mais ne me prenez pas pour une poire. Je vais imposer mes conditions.

— Ça y est, murmura Jack. J'savais bien qu'il finirait par nous avoir !

Bennie cria :

— Toi, je t'ai assez entendu, Jack. Tu vas te la fermer, compris ? On a pas l'habitude d'accepter des conditions.

— Je veux simplement ravoir ce que vos deux types m'ont pris. Mes papiers, mon argent... fit le Manchot.

— Et pourquoi pas ton arme, une fois parti ? demanda Jack.

— Je sais que vous ne me la donnerez jamais. Mais je ne vois pas pour quelles raisons vos deux idiots ont vidé toutes mes poches.

P'tite tête se leva brusquement.

— J'vais t'en faire, des idiots, moi.

— Toi, assis, P'tite tête. Puis, je t'ai dit de remettre tes souliers ! C'est vrai que vous avez vidé ses poches ?

— C'était la moindre des précautions.

— Montrez ce que vous avez pris.

Bennie examina le tout, puis il fit signe au Manchot.

— O.K. reprends ça. D'autres conditions ?

— Oui, vous allez me laisser m'occuper de cette fille.

— Y en est pas question, fit Bennie.

Le Manchot parut se résigner facilement.

— Très bien, à votre guise. Mais moi, j'aurais pu facilement lui tirer les vers du nez, à cette fille. Oh, je ne vous demande pas d'aller seul lui rendre visite, non. Vous pourrez m'accompagner. Mais j'ai un avantage sur vous trois.

— Lequel ?

— Vous parlez le japonais ?

Les trois hommes se regardèrent. Le Manchot continua :

— Moi, si. Elle se méfiera de vous, pas de moi.

Bennie commençait à s'intéresser vivement au récit du Manchot.

— Comment s'appelle cette fille ?

— Je ne sais que son prénom, Yamata. Tout ce que je possède, c'est un numéro de téléphone.

— Lequel ?

Dumont esquissa un sourire.

— Vos hommes ont dû fouiller dans tous mes papiers, ils ont dû regarder chaque page de mon calepin. Avez-vous lu le nom de Yamata, suivi d'un numéro de téléphone ? Non, n'est-ce pas ? J'ai une très bonne mémoire et ce numéro, jamais on ne me le fera dire.

Jack s'avança :

— C'est ce qu'on va voir, gronda-t-il.

— Laisse-le, fit brusquement Bennie. On court pas de risques. Moi, je parle pas le japonais, mais je le comprends suffisamment pour suivre un film. Vous vous attendiez pas à celle-là, hein, Manchot ?

Dumont ne broncha pas, mais il examinait

attentivement Jack et son comparse, P'tite tête. Tous les deux n'avaient pu masquer leur surprise. Il était clair que Bennie bluffait.

— Ça m'est égal, je n'ai rien à cacher. Vous pouvez faire venir un interprète si vous voulez. Après ma visite chez Jonas, j'avais l'intention de téléphoner à la fille, afin de prendre un rendez-vous.

— Eh bien, tu vas le faire tout de suite. Debout et approche du téléphone. Je te préviens, si tu dis un mot de trop, je le saurai.

Le Manchot se leva et prit le récepteur de l'appareil. Il tourna le dos aux trois hommes afin de composer le numéro.

« Si seulement Yamata peut être chez elle », pensa-t-il en murmurant une prière.

— Allô, ici l'humble demeure de...

Il avait reconnu la voix de Yamata. Bennie avait approché son oreille pour chercher à entendre la conversation.

— Ici le patron, fit le Manchot en japonais.

— Oh, c'est vous, monsieur...

— Yamata... danger... Nous allons chez toi...

— Yamata ne comprend pas très bien, fit la jeune fille dans sa langue natale.

— Affaire Jonas... criminels avec moi... danger... allons chez toi... rejoins qui tu sais... besoin secours. Donne-moi l'adresse... en français.

Et le Manchot éloigna légèrement le récepteur

de son oreille. Yamata avait compris car elle donnait l'adresse de l'appartement de Michel.

Le Manchot la répéta en ordonnant à Bennie de la noter.

— Je compte sur toi... parle... japonais.

Yamata déclara lentement :

— Vous venez ici, vous serez accompagnés de criminels et vous avez besoin de secours. Je rejoins tout de suite vos amis.

— À tout à l'heure.

Le Manchot raccrocha. Il regarda Bennie. Ce dernier ne semblait pas du tout inquiet.

— Tout de suite, elle a accepté de me recevoir quand je lui ai dit que j'étais un ami de Jonas.

— Je sais, j'ai entendu. Nous allons nous y rendre. Mais, mettez-vous bien une chose dans la tête, Manchot. Nous sommes armés tous les trois et si c'est un piège que vous nous tendez, vous allez vous en repentir chèrement, vous et votre petite amie jaune.

## Chapitre IX

# DANS LE PANNEAU

Yamata avait raccroché. La jeune fille se sentait très nerveuse. Il lui fallait absolument rejoindre Michel. Elle appela tout d'abord le numéro qui lui permettait de se mettre en communication avec l'automobile du jeune détective. Malheureusement, personne ne répondit.

« Il ne reste que le bureau. » Quelques instants plus tard, elle entendit une voix de femme.

— Agence de détectives privés « Le Manchot ».

— Mademoiselle, je suis Yamata, l'amie de Michel Beaulac.

— Très heureuse de vous parler, mademoiselle. Mon nom est Rita, je...

— Je vous en prie, il me faut parler à Michel et tout de suite.

— Je regrette, mais ça fait déjà un bon moment qu'il n'a pas communiqué avec moi. J'ignore où il se trouve présentement. Il est peut-être dans sa voiture.

— Non, j'ai son numéro. J'ai essayé.

— Dans ce cas, je vais tenter de le rejoindre par radio. Vous désirez qu'il vous téléphone ?

Yamata réfléchit quelques secondes :

— Non, dit-elle. Qu'il vienne en vitesse à la maison, nous allons avoir besoin de lui. Il y a du danger.

Surprise, Rita demanda :

— Du danger ? Vous feriez mieux de vous expliquer, mademoiselle.

— Je n'ai pas le temps de vous en dire plus long. J'attends la visite du patron de Michel et il y aura sans doute de la casse. Cherchez également à rejoindre mademoiselle Candy et, surtout, dites-leur que c'est très urgent.

Et la Japonaise raccrocha. « S'ils n'arrivent pas à temps, qu'est-ce que je vais faire ? »

Le Manchot lui avait parlé en japonais. Il avait répété, à quelqu'un qui écoutait, l'adresse de Michel ; puis il lui avait demandé de dire si elle avait bien compris, mais de faire cette réponse, en japonais.

— Ses amis s'attendent donc à être reçus à la nippone. Il ne faut pas les décevoir.

Contrairement à la veille, elle était habillée à la québécoise, avec une simple jupe et un chandail. Elle se glissa rapidement dans la chambre, passa son kimono, puis, devant le miroir placé derrière la porte, elle refit rapidement sa coiffure.

— Oh, mes souliers !

Elle enleva ceux qu'elle portait et passa ses chaussures aux couleurs vives ; puis, fouillant dans une valise qui se trouvait sur le tapis, elle y prit un éventail, l'ouvrit et le plaça devant sa figure.

— Tout ce que je souhaite, c'est que Michel ou Candy arrive avant monsieur Dumont et ses ennemis.

*
\* \*

La serveuse venait d'apporter les desserts et les cafés. Michel, qui paraissait de plus en plus morose, n'avait plus rien commandé.

— Je n'ai pas reçu d'appel, mademoiselle ? demanda Bernier.

— Non, inspecteur. Ne craignez rien, je vous préviendrai aussitôt.

L'inspecteur fouilla dans ses dossiers.

— Tenez, voici la copie des interrogatoires que nous avons fait subir aux employés où travaille Jonas. En les lisant attentivement, vous connaîtrez mieux le caractère de Jonas.

Il tendit les feuilles à l'avocat.

— J'en ai une copie pour vous, mademoiselle Candy et une pour Beaulac.

Michel repoussa le bras de l'inspecteur.

— Non, j'ai rien à faire de vos papiers.

Et il se leva brusquement.

— Michel, qu'est-ce qui te prend? demanda Candy.

— Il me prend, torrieu!, que j'en ai plein le dos de son ton mielleux. On est tous en train de se laisser endormir par lui.

— Allons, Michel, protesta Girard, l'inspecteur ne fait que nous aider...

— Nous aider, mon œil! Il a fait libérer Jonas, on le surveille et monsieur l'inspecteur veut pas que nous soyons dans ses jambes. Il craint que nous découvrions la vérité avant lui. Monsieur l'inspecteur désire tous les honneurs. Il nous empêche de surveiller Jonas. Oh, le moyen est bon! Il se montre gentil, il nous invite au restaurant, il nous donne quelques informations en pâture et, nous autres, on gobe tout. Eh bien non, j'en ai jusque-là!

— Je reconnais bien là votre façon d'agir, murmura Bernier.

— Ah vous, sacrez-moi patience! Vous m'avez fait perdre assez de temps. J'en ai même trop mis à comprendre votre jeu. Tu viens, Candy ?

La jolie blonde ne savait trop que faire. Mais elle commençait à comprendre que Michel avait raison.

— C'est pas tout, s'écria le jeune détective. Bernier sait que le Manchot s'est fourré dans le pétrin. Pensez-vous qu'il remuerait un doigt pour lui porter secours ? Non seulement il le fait pas, mais il nous empêche d'agir. Non, Bernier, non, vous avez pas changé. Vous êtes toujours un beau salaud. Tout ce qui compte pour vous, c'est votre petite gloire personnelle.

Bernier se leva.

— Surveillez vos paroles, Beaulac !

— La vérité vous fait mal, pas vrai, inspecteur ?

Candy était décidée.

— Je t'accompagne, Michel. Maître Girard tiendra compagnie à notre « ami ».

Bernier était devenu rouge comme une pivoine.

— Si je le voulais, mademoiselle, je pourrais vous faire arrêter immédiatement. Vous avez conduit votre voiture d'une façon désordonnée, dangereuse...

Mais déjà, Michel et Candy étaient rendus à la porte du restaurant et les paroles de l'inspecteur se perdirent.

Bernier se prépara à partir à son tour.

— Inspecteur, fit Girard, je...

— Oh vous ! Laissez-moi tranquille. Vous n'auriez pas pu leur dire de rester, non ?

Et déjà, Bernier était rendu à la cabine téléphonique.

Pendant ce temps, suivi de Candy, Michel avait regagné sa voiture.

— Je t'aurais jamais cru si poire que ça ! fit-il.

— Fatigue-moi pas, veux-tu, le grand ? Tu te penses plus intelligent, toi ? Quand l'inspecteur a dit qu'il payait, t'as pensé rien qu'à une chose : te bourrer jusqu'aux oreilles.

— Envoye, monte, la grosse !

Candy se mit les deux poings sur les hanches.

— Toi, le pic, si tu dis encore ça une fois, je vais t'étamper mon poing dans la face, tu vas rester marqué pour la vie.

— Excuse-moi, c'est pas ce que je voulais dire.

— T'es mieux.

— Mais Bernier m'a tellement fait enrager ! C'est clair, maintenant, qu'il faisait rien que nous retenir pendant que ses hommes enquêtaient. Hey ! Penses-y, il était même prêt à nous donner des copies de rapports qui, ordinairement, sortent jamais du poste de police.

Michel décrocha le récepteur le mettant en

communication, directement, avec le bureau de l'agence.

— Rita, c'est Michel, rien de nouveau?

— Voulez-vous me dire où vous vous trouviez? Vous ne connaissez pas les règlements. Vous devez vous rapporter et...

— Du calme, Rita, qu'est-ce qui se passe?

— Mademoiselle Yamata a téléphoné. Il faut que vous alliez tout de suite à la maison. Vous savez où se trouve Candy?

— À mes côtés.

— Dans ce cas, qu'elle vous accompagne.

— Mais pourquoi? Qu'est-ce qu'il y a?

— Le Manchot lui a téléphoné.

— Hein?

— Il doit se rendre à la maison. Il se peut même qu'il y soit à l'heure actuelle. Il a besoin de secours, c'est tout ce que je sais. Ne m'en demandez pas plus.

Déjà, Michel avait mis sa voiture en marche.

— On vous rappelle, Rita.

Candy, nerveuse, voulait savoir ce qui venait d'arriver.

— Le boss a téléphoné à Yamata, il est en danger et, pourtant, il se rend à la maison.

— Quelle maison?

— Chez moi! Y comprends-tu quelque chose, toi?

Candy eut une idée lumineuse.

— Nous serons pas là avant une dizaine de

minutes. Alors, au lieu de se casser la tête, tu ferais beaucoup mieux de téléphoner à ta femme au kimono. Vite, donne-moi le numéro.

Mais, au bout d'un moment, Candy et Michel durent se rendre à l'évidence : personne ne répondait au logis du jeune détective. Cela n'avait rien pour calmer leur nervosité.

*
* *

L'avocat Bertrand Girard avait suivi l'inspecteur Bernier jusqu'à la boîte téléphonique, où ce dernier avait appelé à son bureau.

— Ici Bernier, il y a du nouveau ?

— Oui, inspecteur.

Avant même que le détective puisse donner des explications, Bernier se mit à l'enguirlander.

— Je vous ai dit avant de quitter le bureau que, dès qu'il y aurait du nouveau, il fallait me téléphoner au restaurant. Pourquoi ne pas l'avoir fait, triple buse ? Je vais vous apprendre à obéir aux ordres, moi.

— Inspecteur, il y a du nouveau ; mais on a jugé que ce n'était pas suffisamment important pour vous déranger.

— Vous n'êtes pas payé pour penser ou pour juger. Vous devez m'obéir, un point, c'est tout.

Allez, parlez, qu'attendez-vous pour me donner ce rapport?

— Monsieur Jonas est sorti de prison.

— Ça, je le sais.

— On l'a suivi. Il n'est pas du tout allé chez lui. Il paraît très nerveux. Il a loué une chambre dans un hôtel et il n'a pas bougé de là.

— C'est tout?

— Non. Les autres policiers, ceux qui surveillent la maison de Jonas, ont rapporté que l'automobile du Manchot est stationnée près de là.

— Je le sais.

— On m'a téléphoné tantôt pour me dire qu'une femme, dans la trentaine, possédant la clef du logement de Jonas, vient d'arriver. Elle est là depuis un moment. On ignore ce qu'elle y fait. J'attendais d'autres nouvelles, d'autres détails pour vous téléphoner. Je ne voulais pas vous déranger pour si peu.

Bernier comprit que le détective avait eu raison, mais jamais il n'allait l'admettre.

— Je saute dans ma voiture. Vous pourrez me rejoindre là. Je me rends chez Jonas. Si cette fille est toujours là, je m'occuperai d'elle. Elle devra dire ce qu'elle sait.

Et il raccrocha. Girard s'avança.

— Qu'est-ce qu'il y a, inspecteur? demanda-t-il. Vous avez des nouvelles de mon client?

— Comment, vous êtes encore là, vous?

— Oui, inspecteur. N'oubliez pas que Jonas est mon client. Je vais avec vous.

— Quoi?

— Ma voiture est restée devant la centrale de la police. C'est vous-même qui nous avez conduits ici. Si vous refusez que je vous accompagne, ce sera la preuve que Michel Beaulac et Candy ne s'étaient pas trompés sur votre compte.

L'inspecteur serra les dents, puis grogna:

— Bon, venez. Mais je vous préviens, ne cherchez pas à intervenir dans mon travail.

*
*  *

Onil Jonas n'en croyait pas ses oreilles. On venait de lui apprendre qu'il était libre, qu'on ne portait plus d'accusation contre lui.

— Je veux voir mon avocat, tout de suite, s'était écrié le petit homme.

— Vous oubliez une chose, monsieur Jonas. Lors de votre dernière entrevue avec maître Girard, vous lui avez laissé savoir que vous ne vouliez plus qu'il s'occupe de votre cas. Donc, il a dû vous laisser tomber. Nous allons vous remettre tout ce que vous possédiez en arrivant ici. Ensuite, vous partirez.

Le petit homme hésita, puis demanda tout à coup:

— Ça veut dire que je peux aller où je veux, même quitter le pays?

— Oui, mais à une condition, cependant. Il faut prévenir la police de vos déplacements. Car si on accuse quelqu'un du meurtre de votre femme, on aura sûrement besoin de votre témoignage. En un mot, vous êtes entièrement libre, mais on vous demande de demeurer à la disposition des autorités.

Quelques minutes plus tard, le petit homme était prêt à quitter la prison.

— Comme nous savons que votre temps est très précieux, monsieur Jonas, que vous détestez perdre une minute, nous avons appelé un taxi pour vous.

— Merci.

Et il monta dans la voiture qui se trouvait devant la porte. L'automobile était conduite par un des subordonnés de l'inspecteur Bernier.

— L'adresse?

— Je ne sais pas, roulez, je vous le dirai, répondit Jonas à la question du chauffeur.

Puis, au bout d'un moment, il ajouta:

— Conduisez-moi à l'hôtel Métropolis. Je vais m'y louer une chambre.

— Curieux, murmura le conducteur.

— Pourquoi ça?

— Ça m'arrive souvent de prendre des types qui... enfin, qui sont demeurés quelque temps sous la surveillance de la police et, chaque fois,

145

ils s'empressent de retourner auprès des leurs.

— Mêlez-vous de ce qui vous regarde, répliqua sèchement le petit homme.

Une fois à sa chambre, Onil Jonas prit quelques notes sur un bout de papier. Il sembla faire certains calculs. Puis, se décidant, il se dirigea vers l'appareil téléphonique et composa un numéro.

Déjà, les policiers avaient pu poster un des leurs en faction à l'hôtel. Le téléphone était placé sous écoute électronique et le policier pouvait entendre toutes les conversations.

— C'est toi, mon petit? fit la voix de Jonas.

— Onil. Ils t'ont donné la permission de m'appeler?

— Je suis libre. Je te l'avais dit, que j'étais innocent. Ils ne pouvaient pas me garder. Écoute-moi bien et ne pose pas de questions. Je ne peux pas rentrer chez moi.

— Mais où es-tu?

— À l'hôtel Métropolis. Si je passe à la maison, je cours de très grands risques. Il y en a qui m'en veulent. Tu as toujours la clef de ma maison?

— Mais oui.

— Tu vas t'y rendre immédiatement. Dans le placard de ma chambre, tu trouveras une très grande valise dans laquelle on peut placer des complets. Écoute bien. Tu mettras deux complets, disons trois chemises, des cravates, des bas. C'est tout. Ensuite, tu viendras me retrouver ici, chambre 418. Je te dirai ce que j'ai l'intention de faire.

— J'y vais tout de suite.

— Quinze minutes pour t'y rendre, vingt minutes pour préparer mes bagages et une vingtaine de minutes pour venir à l'hôtel, je t'attends dans une heure. Oh! un instant, mon petit. Apporte également ma canne à pommeau d'or. Elle est dans mon porte-cannes, dans le vestibule. J'en ai déjà une : deux, ce sera suffisant. Je t'attends. Surtout, ne tarde pas.

Et Onil Jonas raccrocha.

Immédiatement, le policier de faction transmit le message à un de ses supérieurs.

Ce dernier semblait des plus satisfait.

— L'inspecteur a vu juste : Jonas est tombé dans le panneau. Nous étions persuadés qu'il perdrait la tête. J'ai bien l'impression que sa liberté sera de courte durée.

## Chapitre X

# LE MANCHOT
# RÉTABLIT LES FAITS

— Nous sommes arrivés, fit le Manchot.

La voiture s'arrêta devant le logis de Michel Beaulac. En descendant de voiture, Dumont jeta un coup d'œil vers la fenêtre du salon et il vit bouger le rideau. Yamata les avait sans doute vus arriver.

— Souvenez-vous que nous sommes armés, lui rappela Bennie.

Le Manchot jeta un regard circulaire dans la rue. Il n'aperçut ni la voiture de Michel, ni celle de Candy. « Il se peut qu'ils se soient stationnés sur une autre rue. » Il appuya sur la sonnette et on entendit le son étouffé du carillon. Lorsque la porte s'ouvrit, Dumont dit en japonais à Yamata :

— Prépare-toi à agir.

— Vous me donnerez le signal, répondit Yamata en se signant et en esquissant un large sourire.

D'un mouvement rapide, le Manchot se pencha et délaça ses souliers. Il sentit un des hommes qui appuyait quelque chose dans son dos.

— Qu'est-ce que vous faites ? demanda P'tite tête.

— Vos souliers ! Il faut enlever vos souliers. Faites comme moi.

Le Manchot fit un pas en avant pour dégager le vestibule. Il ajouta à l'intention de ses trois gardiens.

— Voyez, nous sommes dans un véritable jardin japonais. Il faut obéir aux coutumes. Sinon, elle ne nous donnera aucun renseignement.

Et, sans y penser, les trois hommes se penchèrent en même temps afin de retirer leurs souliers.

— Allons-y ! fit brusquement le Manchot en japonais.

Vif comme l'éclair, il se retourna et son poing frappa durement Bennie à la mâchoire. Du coin de l'œil, il vit la menue Japonaise bondir dans les airs. Elle vola littéralement en poussant un cri sauvage. Ses pieds frappèrent en même temps les deux complices de Bennie. Ils perdirent l'équilibre. Déjà, Yamata était penchée sur P'tite tête, qu'elle mit instantanément hors de combat d'un coup sec à la tempe. Puis se retournant rapidement, de son autre poing, elle frappa Bennie d'un coup foudroyant et précis à la pointe du menton, juste comme l'homme cherchait à se relever.

Pendant ce temps, le Manchot n'était pas demeuré inactif. Il s'était jeté sur Jack. Sa main gauche se resserra autour du cou du gros homme. Déjà, sa figure devenait bleue. Il ne pouvait plus respirer. Une seconde plus tard, l'homme, inconscient, ne bougeait plus.

— Bravo, Yamata, c'est de l'excellent travail.

La jeune fille sourit.

— Oh, ce fut facile, monsieur Dumont : un simple petit exercice de réchauffement. Vous êtes content de moi ?

— Oui. Allez me chercher une corde solide. Je vais leur ligoter solidement les poignets. Ensuite, je vais me rendre à l'appartement de Jonas.

Déjà, Yamata était disparue. Lorsqu'elle revint, après avoir donné la corde au Manchot, elle annonça :

— Je vais vous accompagner. Partir seul avec ces trois hommes, ce serait trop risqué pour vous. Si vous en faites conduire un, il peut provoquer un accident et, si c'est vous qui vous placez au volant, vous ne pourrez pas les surveiller tous en même temps. Attendez-moi une seconde, j'enlève ce kimono et je laisse un mot à Michel. Je ne veux pas qu'il s'inquiète.

Quelques minutes plus tard, le Manchot et Yamata poussaient les trois hommes dans la voiture. On fit asseoir Bennie et ses complices à l'arrière. Yamata, à genoux sur le siège avant et armée du revolver de Bennie, ne les perdait pas de vue.

Tout en conduisant la voiture des criminels, le Manchot lança d'un air triomphant :

— Les rôles sont renversés, n'est-ce pas, messieurs ? Maintenant, il vous faudra probablement répondre à une accusation de meurtre.

Bennie protesta :

— On a tué personne.

— Non ? Et madame Onil Jonas, ce sont les anges, je suppose, qui l'ont poignardée et qui lui ont tranché la tête ?

Devant le silence des trois hommes, Dumont demanda :

— Ce fameux paquet que vous cherchez tant, c'est de la drogue, n'est-ce pas ?

Il avait fait rapidement le rapprochement. Il se souvenait d'avoir lu, dans le rapport du médecin légiste, que madame Jonas se droguait régulièrement.

152

— Jonas est un voleur, fit Jack. Sa femme aurait jamais dû lui faire confiance. Mais il échappera pas à l'organisation. On le laissera jamais se sauver avec la coca.

— Tais-toi, niaiseux, tu parles trop, grogna Bennie. Cet infirme peut rien faire contre nous. Il peut nous accuser de l'avoir enlevé, de l'avoir séquestré, c'est tout.

Déjà, l'automobile du Manchot approchait de la demeure de Jonas. En tournant le coin de la rue, il reconnut son automobile, stationnée à droite. Mais, juste en face de la maison de Jonas, il y avait trois voitures de la police. Et le Manchot reconnut, parmi ces hommes qui discutaient, celui qu'il détestait tant, l'inspecteur Bernier.

*
* *

Au même moment, Michel arrivait en trombe devant son logis. Il freina brusquement et lui et Candy bondirent hors de la voiture.

— Ton arme! ordonna Michel. Il faut s'attendre à tout.

Il sortit ses clefs et, sans bruit, il ouvrit la porte.

— Faut-il que j'enlève mes souliers? murmura Candy.

— Idiote!

Déjà, Michel avançait rapidement dans le

corridor. Mais il se rendit rapidement compte qu'il n'y avait personne dans la maison.

— Mais où sont-ils?

— Partis, répondit Candy.

— Je suis pas aveugle, je m'en rends bien compte. Mais où sont-ils allés? Que s'est-il passé?

Candy venait d'apercevoir la feuille de papier placée sur le tapis, au centre de la pièce. Elle la ramassa.

— Un mot de Yamata. Je vais te le lire. « Mon beau pitou... »

Elle éclata de rire.

— Pitou, c'est un nom de chien. Est-ce qu'elle l'a choisi parce que tu es un ex-policier?

Michel lui arracha la feuille des mains. Candy le contourna et lut la note par-dessus son épaule. Yamata avait écrit:

« Monsieur Dumont, nos prisonniers et moi, nous nous rendons chez monsieur Jonas. Ne t'inquiète pas, tout va bien. Je t'embrasse.

Ta Yamata. »

— Viens, on va les rejoindre.

Ils sortirent en trombe de la maison. En démarrant, Michel grogna:

— Elle va apprendre à m'obéir. Je lui ai dit que je ne voulais pas la voir se mêler de mon travail. Je vais lui montrer qui est le boss, moi!

Candy retint un sourire. Elle avait nettement l'impression que la jolie Yamata faisait de

154

Michel tout ce qu'elle désirait. « Et c'est pas moi qui l'en empêcherai. Les maudits hommes, ils ont fini de se croire les nombrils de l'univers. »

*
* *

— Ne bougez pas d'ici. Surveillez-les bien, Yamata.

Le Manchot descendit de voiture et, immédiatement, Bernier l'aperçut.

— Tiens, un revenant ! Qu'est-ce que c'est que cette histoire d'enlèvement ? Encore une de vos manigances, Manchot ?

Dumont ne s'occupa même pas de son ex-supérieur et demanda à maître Girard :

— Que se passe-t-il ici ?

— L'inspecteur a fait libérer Onil Jonas.

— Quoi ?

— Il est présentement dans un grand hôtel. Il a téléphoné à une femme et lui a demandé de venir prendre des choses, puis de le rejoindre. Il semble que monsieur Jonas ait décidé de partir en voyage.

— Et qu'est-ce que vous attendez tous, ici ?

— La fille est à l'intérieur.

Fixant Bernier dans les yeux, le Manchot déclara :

— Elle hésitera sûrement à sortir. Ce n'est certainement pas une idiote. Elle a dû vous apercevoir. Vous auriez aussi bien fait de vous faire accompagner d'une fanfare.

Bernier haussa les épaules et envoya deux de ses hommes se poster à l'arrière.

— J'entre, déclara-t-il ensuite.

Et il ajouta à l'intention de Dumont :

— Je ne veux pas que des intrus m'accompagnent. Vous allez tous vous rendre compte que l'inspecteur Bernier n'a pas été dupe des manigances de monsieur Onil Jonas.

Une fois qu'il fut entré dans le bungalow de Jonas, le Manchot demanda à l'avocat :

— Savez-vous ce que cette fille est venue chercher ?

— Les vêtements de Jonas, une valise, sa canne à pommeau d'or. C'est tout, mais suffisant pour partir en voyage.

Lorsque l'inspecteur parut, tenant une jeune femme par le bras, rapidement, le Manchot se dirigea vers lui.

— La canne ! Où est la canne ?

— Quelle canne ? demanda Bernier.

— La canne à pommeau d'or.

Bernier ricana :

— Notre petit bonhomme n'en aura pas besoin.

— C'est ce qui vous trompe. Je crois avoir tout deviné. Envoyez chercher la canne, inspecteur.

L'avocat crut bon d'intervenir.

156

— Monsieur Jonas en avait une autre avec lui.

— Justement, pourquoi alors en désire-t-il une seconde ?

Bernier, un peu décontenancé, ordonna à un de ses adjoints d'aller chercher la fameuse canne. Sitôt que le détective ressortit, Dumont s'avança vivement.

— Touche pas à ça, Dumont, fit brusquement Bernier.

Puis, continuant sur le même ton, il ordonna à son adjoint :

— Portez cette canne à la centrale.

Dumont haussa les épaules :

— Tant pis, inspecteur. Nous aurions pu mettre un terme à cette histoire ; mais si vous préférez attendre...

L'inspecteur venait de comprendre. Il avait maintenant un regard triomphant. Brusquement, il arracha la canne des mains du détective qui était allé la chercher et, lentement, il tourna le pommeau. Comme le Manchot l'avait deviné, ce pommeau d'or se dévissait.

— Attention, Bernier. Surtout, ne secouez pas cette canne. À moins que je ne me trompe, elle est remplie de cocaïne.

L'inspecteur avait retiré le pommeau. Il plongea son doigt dans ce qui n'était, en réalité, qu'un tube creux. Bernier, après avoir retiré son doigt, le porta à sa bouche, puis se tournant vers le Manchot, il demanda :

— Comment le saviez-vous ?

— Simple déduction. J'ai d'autres surprises pour vous.

— Moi aussi. Je sais où se cache Jonas. S'il est innocent du meurtre de sa femme, on peut quand même l'accuser de faire le trafic de la drogue. Il va retourner en cellule pour un bon moment.

Et sans plus s'occuper de son ancien collègue, il se dirigea vers sa voiture, tenant toujours la jeune femme par le bras.

Bientôt, l'automobile s'éloigna. Le Manchot avait fait signe à l'avocat.

— Venez avec nous... six, nous ne serons pas à l'aise, mais...

Juste à ce moment, il aperçut la voiture de Michel qui arrivait en trombe.

— Tenez, maître, montez avec eux. Dites à Michel de ne pas s'inquiéter. Tout va bien, Yamata est avec moi.

Girard allait s'éloigner, mais le Manchot lui lança :

— Une seconde. Vous direz également à mon assistant qu'il fait mieux d'être très prudent avec sa petite amie. Moi, en tout cas, je n'engagerais pas un combat avec elle. Je craindrais de me retrouver sur un lit d'hôpital.

158

Et, en souriant, le Manchot regagna la voiture dans laquelle l'attendaient la Japonaise et ses trois prisonniers. Tout de suite, il mit en marche et suivit l'automobile de Bernier.

Pendant ce temps, Girard était monté dans la voiture de Michel, qui venait tout juste de stopper.

— Suis la voiture dans laquelle se trouve monsieur Dumont.

Sans poser de question, Michel démarra.

*
* *

Onil Jonas se leva et alla ouvrir la porte de la chambre. Il s'attendait à voir entrer sa petite amie, mais quelle ne fut pas sa surprise quand il aperçut, non seulement la jeune femme, mais aussi l'inspecteur Bernier, accompagné de deux autres détectives et bientôt suivi du Manchot, Candy, Michel et de maître Bertrand Girard. Tout ce monde s'engouffra dans la chambre.

— Onil Jonas, fit Bernier d'une voix triomphante, je vous arrête au nom de la loi.

Et il lui récita la fameuse mise en garde d'usage.

— Ah ça, s'écria le petit homme, avez-vous fini de jouer au yoyo avec ma personne? On m'accuse de meurtre, puis on me remet en liberté et voilà que vous m'arrêtez de nouveau.

— Cette fois, il ne s'agit pas de meurtre, Jonas.

Montrant la canne, il commença à en dévisser le pommeau d'or.

— Trafic de narcotiques. Il y a pour des milliers de dollars de cocaïne, là-dedans. Au fait, je mets également votre petite amie sous arrêt.

— Juliette n'a rien à voir dans tout ça, s'écria Jonas. Elle ignorait complètement ce qu'elle transportait.

— Ce sera à la Justice de décider. Allons venez avec nous, Jonas.

Le Manchot s'avança.

— Un instant, inspecteur. Je me demande pour quelle raison vous avez laissé tomber l'acte d'accusation pour le meurtre de sa femme ?

— Tout simplement parce qu'il n'est pas coupable.

Et, avec son habituelle gentillesse, Bernier crut bon d'ajouter :

— Un innocent comme lui...

Le Manchot, à la grande surprise de tous et particulièrement de celle de l'avocat Girard, déclara :

— Je ne suis pas du tout de votre avis, inspecteur. Il y a également trois hommes dans ma voiture qui partagent mon opinion. Onil

Jonas a bel et bien poignardé sa femme. C'est un assassin.

— C'est faux, je suis innocent, s'exclama le petit homme.

Le détective savait qu'il n'avait aucune preuve à apporter; mais, pour lui, il avait été facile de tirer les conclusions et, après l'interrogatoire du trio qui se trouvait en compagnie de Yamata, il était certain que la vérité éclaterait.

— Madame Jonas était une droguée, reprit Dumont. C'est probablement pour cette raison que monsieur Jonas a décidé de se séparer d'elle. Est-ce que je me trompe?

— Pourriez-vous vivre, vous, avec une femme qui n'est jamais dans son état normal?

— Probablement pas, répondit le Manchot.

Calmement, le détective sortit un cigare de sa poche. Michel échangea un sourire avec Candy. Quand le patron allumait un cigare, c'est qu'il était satisfait, c'est qu'il allait annoncer quelque chose d'important.

Se tournant vers Bernier, le Manchot demanda:

— Je suppose que vous savez, inspecteur, que monsieur Jonas faisait, lui aussi, le trafic de la drogue?

— Évidemment que je l'ai découvert. Ses visites, tous les mercredis, à la même heure, au cinéma, c'était pour rencontrer ses clients.

Le Manchot poursuivit:

— Je ne sais comment Jonas en est venu à s'occuper de ce trafic. Il a peut-être commencé à le faire alors qu'il vivait avec son épouse. Tout est possible et ça expliquerait les raisons pour lesquelles il ne s'est jamais séparé légalement d'elle et qu'il la voyait de temps à autre. Il avait besoin d'elle. Elle était son fournisseur. Pendant combien de temps ce curieux couple a-t-il pratiqué son petit commerce, je l'ignore. Mais, un jour, monsieur Jonas a décidé de tenter le grand coup. Sa femme venait d'entrer en possession d'une importante quantité de cocaïne. Il est possible que Jonas ait eu la garde temporaire de cette drogue. Qui donc pouvait soupçonner ce petit employé insignifiant ? Mais voilà, la pègre désire récupérer sa marchandise. Alors, madame Jonas veut la remettre à qui de droit. Jonas sait, lui, que ça vaut des milliers de dollars, et il veut garder la cocaïne pour lui. Il a une très bonne cachette : le manche de sa canne à pommeau d'or. Jonas n'a qu'à prendre sa retraite à son travail et il peut partir en voyage, sans doute avec cette Juliette, sa nouvelle flamme. Mais voilà, il y a madame Jonas qui peut attirer sur lui les foudres de la pègre. Elle pouvait même se douter de la cachette de son mari. Monsieur Jonas prend donc sa décision. Il tue son épouse. Il profite de la nuit, sans doute, pour sortir le cadavre de chez lui. On le sait un homme ordonné ; tous les voisins diront que cet homme est au lit, tous les soirs, à la même heure. Pour éloigner les soupçons, pour dérouter la police, il déshabille sa femme entièrement. On croira à un attentat sexuel, puis, quand on se rendra compte que madame Jonas se droguait, on conclura à une vengeance de la pègre. Mais jamais lui, monsieur Jonas, l'homme si rangé, jamais on ne le soupçonnera.

Le Manchot arrêta de parler pendant quelques secondes. Il se tourna du côté de Girard.

— Vous m'excuserez, maître, vous m'avez engagé pour défendre votre client et voilà que c'est moi qui l'accuse. Mais la justice doit éclater.

Bernier n'osait plus rien dire. Il aurait aimé empêcher le Manchot de continuer, mais s'il intervenait devant ses hommes, on pourrait le blâmer. D'ailleurs, il se disait qu'il serait toujours temps de démolir la thèse de son ex-employé.

Dumont continua enfin:

— Voilà maintenant où la situation se complique. La pègre, déjà, surveille Jonas. On se rend compte qu'il a tué sa femme. Pour la pègre, ce n'est pas la vie de madame Jonas qui les intéresse, c'est de récupérer la marchandise. Il faut donc faire peur à Jonas. La décision est prise rapidement. Jonas est allé enterrer sa femme dans un terrain vacant. Rapidement on déterre le corps, on lui scie la tête, on remet le corps en terre et on place la tête dans une boîte à chapeau qu'on fait livrer chez Onil Jonas. C'est alors que commence le récit abracadabrant de monsieur Jonas. Mais cet homme a bel et bien dit la vérité. C'est un maniaque de l'exactitude. Il n'ouvre pas la boîte le matin de sa réception. Il attend à la fin de la journée, alors que son horaire le lui permet. On imagine sa surprise, son horreur lorsqu'il se rend compte qu'il s'agit de la tête de sa femme. Il est complètement bouleversé. Qui donc lui a joué ce sale tour? Quelqu'un sait qu'il est un assassin. Il soupçonne la pègre. Cette tête est un avertissement. Il est incapable de réfléchir. Il se rend au cinéma, comme à l'ordinaire. Vous connaissez son histoire. Il ne peut regarder le film, il sort, se promène, se rend chez son pharmacien et va louer une chambre sous un faux nom.

— Monsieur Girard, hurla Jonas, vous êtes mon avocat. Empêchez-le de continuer. Vous voyez bien qu'il ne sait pas ce qu'il dit. Tout est faux, excepté la fin de son monologue.

Girard regarda le petit homme avec un sourire narquois.

— Vous oubliez une chose, monsieur Jonas. Vous avez dit, devant témoin, que vous ne vouliez plus de moi comme avocat; alors, maintenant, débrouillez-vous.

Dumont put enfin reprendre la parole.

— La pègre ne sait plus que penser. Jonas ne réagit pas du tout comme on s'y attendait. Il ne reste qu'une chose à faire. L'éliminer, fouiller partout, retrouver la marchandise. Pendant son absence, on s'introduit chez lui, on reprend la tête, puis, se servant de la voiture de Jonas, on va placer la boîte sur le même terrain où se trouve le cadavre. Puis on prévient la police. Tel que prévu, Jonas est bientôt arrêté. On ne sait plus que penser. Son histoire ne tient pas debout, mais elle semble vraie. Vous, Bernier et vous aussi, maître Girard, vous en venez à la conclusion que si Jonas était coupable, il n'aurait certes pas inventé cette histoire.

Michel osa demander.

— Pourquoi, s'il est innocent, a-t-il refusé de se défendre, de demander un cautionnement, de vous engager ?

— Il désire demeurer en prison. Il est certain que jamais on ne trouvera sa cachette. La pègre fouillera sûrement partout et on en viendra à la conclusion qu'il s'est débarrassé de la cocaïne. Quand il sortira de prison, il retirera son argent, plus l'assurance-vie de son épouse, et il quittera le pays en emportant sa fameuse canne. Maintenant, nous savons qu'il avait une petite amie, cette demoiselle Juliette. Jonas en prison, la pègre cherche partout. On fouille l'appartement de Jonas pour la Xième fois au moment où j'entre en scène. On me capture. On m'enferme dans une pièce, mais, grâce à un petit secret, je réussis à surprendre une conversation qui m'a grandement éclairé. Enfin, avec l'aide d'une Japonaise...

Il lança un petit sourire à Michel. Bernier demanda, surpris :

— Une Japonaise ? Qu'est-ce qu'elle vient faire dans cette histoire ?

— Présentement, elle surveille mes ravisseurs. Trois types du milieu, des gars dangereux mais pas des assassins. Surtout des hommes qui n'accepteront pas de payer pour le meurtre d'un autre. Maintenant qu'ils savent qu'ils ne retrouveront jamais leur cocaïne, ils n'hésiteront aucunement à dire la vérité.

Michel bondit.

— Quoi ? Vous avez laissé Yamata seule, avec trois criminels ?

Il voulut se diriger vers la porte.

— Du calme, fit le Manchot en le retenant par le bras. Ne t'inquiète pas, Yamata est fort capable de prendre soin de sa personne.

Candy s'approcha de Bernier.

— Qu'est-ce que vous avez, inspecteur ? On dirait que vous avez perdu un pain de votre fournée.

Bernier avait son air des mauvais jours. Il grogna quelque chose que Candy ne comprit pas.

— Elle est bonne, fit la grosse fille. Vous

166

nous avez payé un bon repas, pensant nous retenir, mais c'est justement l'inverse qui se produisait. Pendant que vous étiez avec nous, Robert Dumont pouvait enquêter en toute tranquillité.

L'inspecteur donna un coup de poing sur la table.

— Vous, je vous en prie, fichez-moi la paix.

Juste à ce moment, la porte s'ouvrit. Michel entra, suivi de Benny, ses deux complices, la jolie Yamata et les détectives qui avaient accompagné l'assistant du Manchot.

— Tenez, inspecteur, voici les trois hommes dont je vous parlais.

Et le Manchot, brusquement, arracha la canne à pommeau d'or des mains de Bernier.

— Ce que vous cherchiez, mes amis, vous l'avez eu longtemps sous les yeux. Cette canne est remplie de cocaïne. Vos patrons devront dire adieu à leur marchandise, quant à vous trois, Onil Jonas vous accuse d'avoir tué sa femme.

Et tous les trois eurent exactement la réaction qu'attendait le Manchot.

— Il a menti, le vieux Christ ! s'écria Bennie.

— Moi, j'ai jamais tué personne, fit P'tite tête.

Jack continua :

— P'tite tête et moi, on l'a vu sortir sa femme dans un vieux sac, comme s'il s'agissait d'ordures. Il s'est rendu à un terrain vacant. C'était la nuit.

— Jack dit vrai. Il l'a enterrée. On était là, tout près.

Jonas comprit qu'il ne pourrait jamais s'en tirer.

— Vous êtes tous des salauds! Sans vous, ma femme n'aurait jamais commencé à prendre de la drogue, et moi, je ne me serais jamais fait votre complice. Ils ont fait pire que tuer, ils ont profané une morte! Ils ont déterré un cadavre, ils ont coupé la tête de ma femme...

Bernier fit signe à un de ses adjoints, qui s'avança vers Jonas et le prit par le bras.

— Allons, venez avec nous, monsieur Jonas.

Le petit homme fit un geste brusque.

— Non, attendez!

Il jeta un coup d'œil sur sa montre.

— J'ai payé ma chambre à l'avance pour vingt-quatre heures. Je suis arrivé ici depuis deux heures, quatorze minutes exactement. Je veux calculer mon remboursement...

Mais, déjà, on l'emmenait. Quant à la femme qui portait le prénom de Juliette, elle protestait de son innocence.

— J'aimais Onil, je le voyais régulièrement. Mais j'ignorais tout de ses activités, je vous le jure.

Bernier décida:

— Nous allons vous conduire au poste. Vous signerez votre déposition. Ensuite...

Maître Girard s'approcha immédiatement.

— Je vais vous accompagner, madame. Je suis avocat, je suis prêt à vous défendre. Ne parlez pas hors de ma présence.

— Vous, fit Bernier, mêlez-vous de ce qui vous regarde.

— Ça le regarde, répondit Juliette, puisqu'il est mon avocat.

Michel s'était approché de son ami.

— Qu'est-ce que tu vas faire avec le Manchot? C'est pas ta cliente qui pourra payer ses honoraires.

Girard esquissa un sourire.

— Ne crains rien, je suis peut-être un débutant, mais j'ai plus d'un tour dans mon sac. Sans l'intervention de monsieur Dumont, Jonas aurait pu s'en tirer et je connais une compagnie d'assurance qui aurait dû verser une forte indemnité. Monsieur Dumont leur sauve des milliers de dollars. J'irai rencontrer les directeurs, demain. Je suis persuadé qu'ils ne discuteront pas quand je leur demanderai de payer le salaire de l'agence.

— Vous n'avez plus besoin de moi, inspecteur? demanda le Manchot.

— Je n'ai jamais eu besoin de vous répliqua sèchement Bernier. J'aurais découvert la vérité, ce n'était qu'une question de temps.

— Justement, parlant de temps, cher inspecteur, je ne voudrais pas faire attendre les journalistes qui viennent d'arriver. Ils ont hâte de connaître la vérité.

Bernier aurait bien voulu le retenir mais, déjà, le Manchot sortait de la chambre, suivi de Candy, Michel et Yamata.

— De plus, fit le Manchot à l'intention de ses amis, je vais leur parler d'une Japonaise qui sait fort bien se défendre contre les hommes.

Michel intervint :

— Oh non ! Ça, je vous le défends bien. Je sais pas comment Yamata a été mêlée à cette affaire, mais j'exige qu'elle demeure complètement hors de mon travail de détective privé.

— Mais, je ne demande pas mieux, mon Pitou.

Elle l'embrassa sur la joue.

— C'est toi, mon maître, ajouta-t-elle en lançant un clin d'œil à Candy

Cette dernière soupira et murmura :

— Illusions, illusions, qu'ils sont heureux, ceux qui ne vivent que d'illusions.

*
*  *

Robert Dumont, le détective manchot, n'était pas un Don Juan mais il avait beaucoup de succès auprès des femmes. On aimait son écorce

170

rude, sa fermeté qui renfermait quand même beaucoup de douceur. Nombre de femmes se disaient amoureuses de lui.

À quelques reprises, la très jolie Yamata appela au bureau pour parler à son mari, mais Michel était presque toujours absent et elle prenait un véritable plaisir à causer avec le Manchot.

Un soir, vers cinq heures, en sortant du bureau, Dumont croisa la jolie Japonaise.

— Si vous venez chercher Michel, Yamata, il sera occupé une partie de la soirée.

— Je sais, fit la Japonaise en souriant. Je me demandais si Candy était là.

— Non, elle travaille justement avec Michel.

— Ah !

Elle paraissait fort déçue.

— J'aurais bien aimé qu'elle vienne manger avec moi. Je suis souvent seule, je ne connais personne à Montréal, je m'ennuie beaucoup. Ce soir, je voulais manger au restaurant, mais pas seule et...

Soudain, elle sembla avoir une idée.

— Mais vous aussi, vous êtes seul, monsieur Dumont. Pourquoi n'allons-nous pas au restaurant ensemble ?

Le Manchot pouvait difficilement refuser. Tout le long du repas, Yamata se montra très gaie, elle avoua au Manchot qu'elle adorait la danse.

— Et vous, Michel dit que vous restez trop souvent seul. Ce n'est pas bon qu'un homme soit seul. Ce soir, nous allons danser tous les deux.

— Vous n'êtes pas sérieuse, Yamata?

— Mais si. Michel approuverait mon attitude. Et puis, il m'a dit qu'il rentrerait très tard. Le silence est une porte derrière laquelle se cachent bien des secrets, a dit un vieux sage japonais. Il a bien raison.

Et le Manchot passa une très agréable soirée en compagnie de Yamata. Mais Robert Dumont connaît bien son adjoint, Michel Beaulac. Il le sait jaloux. L'attitude de Yamata a surpris le détective. La jolie Japonaise serait-elle en train de s'amouracher de lui? Le Manchot décidera-t-il d'en toucher un mot à Michel? Cette situation pourrait rapidement amener beaucoup de complications dans la vie des deux hommes.

Suivez le Manchot dans sa prochaine aventure qui aura pour titre *Quand le chat n'est pas là...*

# LE MANCHOT
# Monsieur Jonas !

*pages*

*Chapitre premier :*
— Un client découragé ...........　9

*Chapitre 2 :*
— La surprise de Michel ..........　25

*Chapitre 3 :*
— Un cadeau macabre ...........　37

*Chapitre 4 :*
— Accusé de meurtre .............　51

*Chapitre 5 :*
— Le Manchot disparaît ..........　67

*Chapitre 6 :*
— Une main fort utile ...........　81

*Chapitre 7 :*
— Des bâtons dans les roues ......　97

*Chapitre 8 :*
— Trafiquant de drogue ...........　113

*Chapitre 9 :*
— Dans le panneau...............　135

*Chapitre 10 :*
— Le Manchot rétablit les faits ....　149

*Dans la même collection*

LE MANCHOT — 01

# LA MORT FRAPPE DEUX FOIS

À la suite d'un accident, le policier Robert Dumont devient manchot. Il se voit forcé de prendre une retraite prématurée.

Patrick Morse lui offre un emploi à la maison Sorino. Il devra faire enquête sur la disparition régulière de pierres précieuses.

Mais le Manchot s'intéresse beaucoup plus à la mort accidentelle de Luigi Sorino, survenue quelques mois plus tôt. Dumont est persuadé que le mystère entourant cette mort n'a pas été complètement éclairci. Il accepte donc l'emploi de Morse. Mais il ne vise qu'un but : résoudre l'énigme Sorino.

C'est alors que les complications surviendront, entraînant le Manchot dans une première aventure où l'action va bon train et où la mort rôde continuellement.

## LE MANCHOT — 02

# LA CHASSE À L'HÉRITIÈRE

Plusieurs héritiers sont déçus. Philippe Rancourt laisse son entière fortune à sa fille. Mais voilà que cette dernière a été abandonnée par son père alors qu'elle était bébé et Rancourt est toujours demeuré sans nouvelles d'elle.

L'enfant a sans doute été adoptée, mais on ignore par qui.

Le Manchot doit retrouver l'héritière de cette fortune. La tâche s'annonce extrêmement ardue car plusieurs personnes ont tout intérêt à ce que cette fille ne soit jamais identifiée.

Le Manchot et Michel, son adjoint, verront de nombreuses embûches se dresser sur leur route, d'autant plus que plusieurs jeunes filles tenteront de se faire passer pour l'enfant de Rancourt, dans le but d'hériter de sa fortune.

Une chasse à l'héritière, palpitante du début à la fin.

## LE MANCHOT — 03

# MADEMOISELLE PUR-SANG

Nicole, la nouvelle secrétaire du Manchot, a été choisie pour tourner dans un film canadien : « Mademoiselle Pur-sang ».

Robert Dumont et Michel Beaulac sont invités à assister à une journée de tournage.

Au beau milieu d'une scène, une comédienne meurt, assassinée.

Le Manchot est immédiatement engagé par le producteur pour faire enquête. Selon lui, ce sera une enquête de routine puisque l'assassin se trouve sur le plateau et qu'il n'a pu se débarrasser de son arme.

Mais la situation se complique drôlement et d'autres meurtres sont commis dans cette atmosphère très spéciale au milieu du cinéma.

Suivez le Manchot dans cette nouvelle aventure remplie de péripéties.

LE MANCHOT — 04

# ALLÔ... ICI, LA MORT !

Qui est ce maniaque qui tente de terroriser Cécile Valois par ses appels anonymes ? Non seulement il apprend à cette femme que son mari la trompe, mais il menace de tuer Valois.

Le Manchot est appelé à enquêter sur cette affaire qui semble anodine. Mais le maniaque décide de mettre ses menaces à exécution. Il frappera à Montréal, il frappera également à Miami, où Nicole a accompagné madame Valois en vacances.

Robert Dumont et ses aides passeront par toute la gamme des émotions avant de pouvoir démasquer le coupable.

Suivez le Manchot dans cette nouvelle aventure qui vous tiendra en haleine, du début à la fin.

## LE MANCHOT — 05

# LE CADAVRE REGARDAIT LA TÉLÉ

Marianne Tanguay a tout pour être heureuse. Elle a épousé l'homme qu'elle aimait, elle a hérité une importante fortune de son père et son mari s'occupe à diriger habilement ses entreprises.

Mais, quelques années plus tôt, Marianne a eu une aventure avec Victor Gauvin, comptable de la compagnie dirigée par son père. Mais, un jour, la vérité éclata : Gauvin était un voleur, il n'avait jamais aimé Marianne, il ne recherchait que la fortune. Marianne refusa de faire arrêter Gauvin, ce dernier disparut de sa vie, Marianne l'oublia et quelques mois plus tard elle épousait Bernard Tanguay.

Et voilà que, brusquement, Gauvin réapparaît dans la vie de Marianne. Non seulement il veut la faire chanter, mais Lorraine, jeune sœur de Marianne, est tombée amoureuse de ce scélérat.

Euclide Raymond, vieil employé de la compagnie, que Marianne considère comme son père, décide de demander l'aide du Manchot. Pour Robert Dumont, cela semble être une simple affaire de chantage.

Mais l'enquête est à peine commencée que Robert Dumont se trouve en face d'un cadavre... un cadavre qui aime la télé...

Le Manchot et ses acolytes sont entraînés dans une aventure où le mystérieux assassin ne sera démasqué qu'à la toute fin du roman.

*Dans la même collection*

### LE MANCHOT — 06

# TUEUR À RÉPÉTITION

Un maniaque a décidé de faire la guerre aux prostituées. Plusieurs meurent étranglées. La police semble incapable de mettre la main au collet de ce désaxé.

Quelques indices permettent à l'inspecteur Bernier de soupçonner le Manchot. Pour se venger, ce policier s'acharnera contre son ancien subordonné.

Candy, la nouvelle collaboratrice du Manchot, fréquentera le milieu des filles de joie, se fera passer pour l'une d'elles et tentera d'attirer le tueur dans un piège.

Mais les situations se compliquent continuellement, les cadavres s'accumulent, Candy risque sa vie inutilement et le Manchot se retrouvera derrière les barreaux, avec un

Bernier qui tentera de le faire passer pour un maniaque sexuel.

Une aventure remplie de rebondissements, où l'action vous tiendra sur le qui-vive.

Suivez le Manchot dans ce nouveau roman où le climat est continuellement à la pluie... une pluie de cadavres.

LE MANCHOT — 07

# L'ASSASSIN NE PREND PAS DE VACANCES

Ce sont des vacances plutôt bizarres auxquelles Roger Garnier convie ses invités.

En effet, durant trois jours, plusieurs de ses employés se rendront au chalet d'été du riche industriel.

Garnier n'a qu'un but. Amadouer ses employés et, surtout, empêcher le syndicat de s'établir dans son usine.

Garnier ignore cependant que la mort sera au rendez-vous et que l'assassin, lui, ne prend pas de vacances.

Un meurtre sera commis sous les yeux mêmes de Michel Beaulac, et le Manchot devra se porter au secours de son assistant afin d'éclaircir ce drame rempli de péripéties et de suspense.

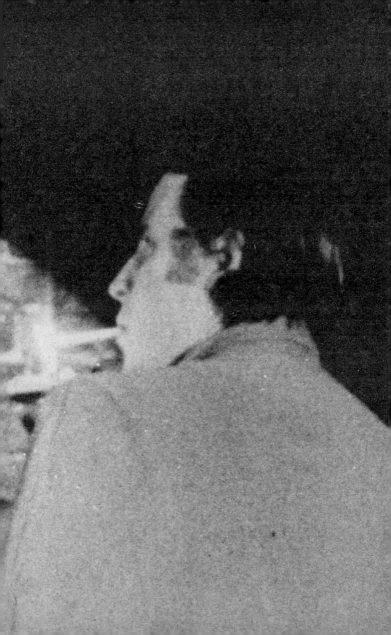

COMPOSÉ AUX ATELIERS GRAPHITI INC.
À SAINT-GEORGES-DE-BEAUCE
ACHEVÉ D'IMPRIMER SUR LES PRESSES DE
L'ÉCLAIREUR LTÉE À BEAUCEVILLE

EC—5685